高安国世アンソロジー

永田和宏編

青磁社

高安国世アンソロジー

装幀　大西和重

Vorfrühling

かきくらし雪ふりしきり降りしづみ我は眞實を生きたかりけり

こだはりて幾年《いくとせ》ありしことなれどつきつめて父母に言へば苦しき

我が希望《のぞみ》にかかはりは無き書讀みて三年の時の過ぎしと思ふ

己が業を好むに非ずと醫學博士大學教授の叔父言ひ切りぬ

我が心すべなかりけり電車にて笑める顔だに絶えて無かりき

起き出でて日の照るからに心ぐしこの身は何にならむとすらむ

つきつめて思ひ明かしし去年《こぞ》のことの蘇りつつこの夜寝なくに

嘆きにも慣るる日頃にもあらなくに朝餉にむかふ心虚《むな》しき

我が心臓の鼓動をきけば解剖せし蛙の心臓もかくの如かりき　病中

きほひたる手紙を書きし興奮がさめつつ行きていつはりの如し

おどろきてゲーテ箴言《しんげん》集讀みゐしがあはれ憎しみの心湧くらし

樟《くす》の葉にさやさやと風の吹くきこゆ夜更けて雨の上るなるべし

三日月の光りそむるまで歩みしが電燈明《あか》くともして居りぬ

とりとめなき思ひのまにま臥《こや》りゐる朝《あした》はげしく降る雨の音

よきことの今日もありなむ心地して屋根に雪白き街に入り行く

晝のまを燈《ひ》ともして物を書きゐしが時計のねぢを巻きてまた書く

さ夜なかに咳き込みてひとり燈をともす外にはいたく霜ふるらしき

雨のなかをきほひ歸り來て泥浸《し》みし靴下を部屋の隅に脱ぎ棄つ

事ごとに父の言葉にたがひしが遂に怒りたまふ事はなかりき

をりをりに君が言葉のよみがへり息づまる如く坐りて居たり

なげきつつ我が居る汽車の窓よ見し白じらと鳥《と》舎《や》に鷄《とり》は群れゐし

何事も行きづまりの如くおぼえ來て夜半に再び燈をともしたり

たよるべきは身ひとつのみと君にむかひ言ひ切りがたき心殘りぬ

百日草おとろへそめし畑に來つ癒えきらぬ如き心なりけり

霜やけしコスモスになほ花咲きて見慣れぬ町の家蔭に出づ

夜の夢に君ありし如き思ひはや莖立ち細き菜種群れ咲く

生溫き風吹く夜頃苦しみし去年《こぞ》ひととせの事を書き繼ぐ

夕暮れて青あをなびく麥畑にしづかなるかも土鋤く音は

ま日照らふ豌豆畑の上低く雀餌を追ふ羽ばたききこゆ

木《こ》みどりの色深みゆく日頃經て在るがままなる生《いき》を念《おも》ふも

好かれたき思ひも今は強からず心弱りて來しかあらぬかも

耬斗菜《をだまき》よ杜鵑草《ほととぎす》よと見せたまふ足《た》らへる如き母を今日見つ

物の芽をおどろきて言ふ母のへに幼な思ひもまた還るべし

かぐろ穂のかぎりなく立つ芝原のいきれがなかに打伏しにけり

いづくより差す光ともおもほえぬ光の中に書讀《ふみ》みつづく

スペイン動亂の映畫を觀る

面《おも》やつれたる人らおのもおのも銃負ひていづくにぞ行く續き行きたり

一國の人等相打つ現實をば我ら見て出づ冷房の外に

我が心すなほになればいつしかも又思ひゐる遠き人の上

驗《しるし》なき望を措きて君がへにあらばとおもふ又思ひかへす

嘆かひの聲きく如くおもふときフレームに赤しゼラニウムの花

をだまきの黄に紫にうらがれて日照るやさしさを誰に告ぐべき

このままに歩み行きたき思ひかな朝なかぞらに消ゆる雲見つ

青海苔の生《お》ひ付く岸を踏みゆきて默居《もだを》るときに戀《こ》ほしきものを

二人ゐて何にさびしき湖《うみ》の奥にかいつぶり鳴くと言ひ出づるはや

疑はず目守《まも》りてくるる人ありて生くる幸《さきはひ》を今日思ふかな

光りつつ陰ある雲の亂れゆき今日も過ぎゆく冬過ぎむとす

朝さめて渡らふ風の音をだに沁みて思はばなぐさみなむか

へだてせぬ少女《をとめ》らが友とあそべども既にためらふ心湧きつつ

この日頃幾度にても思ふ毀れ易き器械の如く人生きてをり

徐行する列車の窓にややありてセメントを混ずる音過ぎ行きぬ

雨ふれる野の幾ところ白じろと照るとおもふは芥子《けし》を植ゑたり

農民の子らの素直なる作文には組合などといふ文字も見ゆ

言葉少なに守れる父が午後四時の事變ニュースにかかさず歸りぬ

月かげは沈みゆきつつ樟の木の梢を出でて飛べる蟲見ゆ

ボートの上に老いたる父に面《おも》むかふ暫く漕ぎて渚につけぬ

ふなべりを堅く摑める父の手もと老いまししをば我は見て居つ

老いづきし父母と居る安けさに苛立つ夜もあり冬に入る

日のうちに映畫見に來し道すがら既にけうとくなりて立ち止る

靴底に水の浸《し》むまで雨しぶく暗き鋪道を歩み來りぬ

ひとときに迫る時代におびゆるは我が意志弱きゆゑのみにあらじ

この道もすでに來慣れつ遠野らにふふむ緑を今日見つつ來ぬ

湖《みづうみ》も空も際《きは》なく青きゆゑ岸の草生に時過ぎにけり

つくづくとけさ枯芝に居て見れば根のところ青くなりたるもあり

おびえつつ飯終《いひ》ふる頃立ち出づる月の光の和《な》ぎて赤しも

光赤き今宵の月に行き思ふ温《あたた》けきものに人は戀ひやまず

新芽立《にひめだ》つ樟吹きしなふ春嵐ひとときにして心なぎゆく

時ならぬ暑さと思ふ部屋の中に書物の黴を拭き落しをり

電車より直ぐに入りゆく若葉山なげくにもあらず道のたをりに

此の夕べわれあり思ふ若き日のこのままにして過ぎむともよし

淀屋橋より下りゆきしとき露のごとく咲きそよぎたり矢車の花

やはらかき陰立ち亂る夕川に川蒸汽ひとつ過ぎゆきしかば

父母の涙ぐみ語りたまふ聲我が寝むとする隣室《となり》にきこゆ

階下より鈍きラヂオのひびくさへ病めばしづけき宵もあるかも

心張りて過ぐす此の頃さりげなき新聞記事にも涙出でむとす

辭書引きてはやも居給ふ白髪のきよくある父をけさも見るかも

かなしめる人をおもへば衢來《ちまた》て白百合の花われはもとめつ

み柩を飾れる部屋に化粧《けはひ》せぬひとは入り來てやさしく笑みぬ

生きゆきてやさしき事に我あひぬ妻いたはりて父の言ふ聲

ま日照らふ石の階段《きだはし》のなかばにし息ぎれしたる妻と佇《た》ちをり

松かげの冷たき岩をよろこびて休みし妻のまどろまむとす

アララギをはじめて父の目に入れぬ母の歌しばし默《もだ》し讀みたまふ

働きたまふ父を見てしが街の上に秋澄む光仰ぎつつ行く

陣痛をこらふる妻とふたり居り世の片隅の如きしづけさ

仰《あふ》のきて痛みこらふる妻の顔かがやくばかり血潮のぼれり

産聲《うぶごゑ》を待ちつつ居れば身の內にみなぎらふもの歌ふ如きもの

時計の音ドアの音水の音きこゆ子の產聲よ今しあがれよ

子は今は生まるとぞ思ふひとときに夕日照り映えぬ庭の芽吹きに

嗄《しは》がれしその一聲をききしかば足震へつつ我が立ち步く

父母はわがみどり兒を見たまふと雪つもる夜の道を來ませり

額《ひたひ》ひろき我がみどり兒はねむり居り汗かと思ふ產毛《うぶげ》ひかりて

みどり兒は母のかたへに睡るらむ月あをき野を我はかへるも

朝早く目覺めてゐたる幼な兒は木の葉吹かるるを見て笑ひゐつ

妻子らと室を別ちてはや慣れぬ月かげ差すに我は寢に行く

子を置きし妻と出で來て行くときに秋夕暮るる街はさみしき

わが胸にたはやすくして子の寢入るそれのみに今日心ゆらぎぬ

吹き當つる砂かと思ひをりをりに窓をし見るに霙《みぞれ》は過ぎつ

雨のふる畦にとび下り立たしたりき草を映して小さき泉に

傘の下にフィルム巻きかへたまふさへ素速かりにし忘るることなし

古ゆ今にゆたかに此の土にとほれる水を御井《みゐ》とたたへき

乳母車押したる妻と我と來て午後満潮《みちしほ》の騒ぐ見て居り

ひろびろと海ひらけたる岸に來て我が子はいまだ遠くをば見ず

戰はいづちと思へばせきあへぬ心となりて空を仰ぎつ

既にして此の空の下に戰ふか冬靄かけてしづかなりけり

行く船は輸送船かと思ひ見る君を送りてこの二三日　　野間宏を送る

戰へる遠方《とほち》おもほゆ山並のたたなはる見て授業する今日も

山の上はたはやすく雪の散りきたる幾たびか見て授業すわれは

第三高等學校教授となり京都に移る

さまざまに話しかけ心遣ひたまふ嘗てなかりし父とし思ふ

罪もてる者の如くに悲しみて勵みしも父を思ひしゆゑのみ

働きなき我をかなしみ給ひける頃よりぞ父を戀ふべくなりぬ

電車より下りし四五人の中にあり目立ちて母は痩せたまひたる

やうやくに來給へる母ゆく春に黒き羽織の重たげに見ゆ

冬着《ふゆぎ》きて歩みのおそき父母と櫻の殘る池をめぐりつ

連れ立てるわが幼児に遅れたまふ父は上着を脱ぎてしづけき

昨日まで子が遊びたる我が家の荒れし疊に歸りて坐る

帽子きて柩に入りし汝《なれ》ゆゑに歩む姿の間なくし思ほゆ

雨ふれる前の日汝を連れ歩みし手の感觸のそのままにあり

ふたたびは無き子の顏を一目だに我が父母に見せむと思ひき

柩いま出でむとするに來給へる我が父母を拜《をろが》みまつる

生れし日雪ふみて見に來給へる父母が今日の汝も見給ひぬ

せき立てられ柩を送る我ら六人ひとつ車の中に寄り合ふ

堪へがたきを堪へしめ我を支へたる小さき者は過ぎて今無し

生ける者うるはしくして愛《かな》しきを心に沁みて生きむとぞする

亡き子らとふたり造りしわが庭の防空壕に苔生ひむとす

ひとりになりいたくしづかなる幼な兒とけふの一日も遊び呆けつ

狹きまで積みゐし書《ふみ》を片附けて机に置きぬ小さき寫眞

ひそまりて在り經《ふ》る妻がいつよりか亡き子の寫眞裏返しおく

又更に友をば送り戻り來る月落ちし夜空ただに仰ぎて　富士正晴應召

曇明き野の上の風はわが前の楓若葉を一日吹くべし

寢入りたる幼な子の爪切りてをり今日の一日の終らむとして

眞實

くまもなく國のみじめの露《あら》はれてつひに清らなる命戀《こほ》しき
みじめなる日日といふとも學びたき物多くして時を惜しみつ
息苦しく我のめざめし蒲團には夜半出でし月の光さしたり
まんだらげの煙こもらふ一ときを我が王國と今にかなしむ
幾日も掃かざるらしき父母の部屋掃き出だしひとり晝寝す
しづかなる光満ちくる我が庭のひともと樅の影の中に居り
稀まれに來し父母と思へども物乏しきは心疲るる

聲あげて子の走り入る園のうち遠き噴井の水散りてをり

さむざむと時雨ながらふる園ひろくけだもの吼ゆる方もあらぬか

肉撒きて人去れば來て肉くらふ大鷲ふたつ争ふことなし

安らぎし日の四週間はありやなしと一生《ひとよ》かへりみてゲーテ言ひにき

朝床に目をさましゐる幼兒を薄目あきつつ我は見てをり

三合の麥碾き終へて我は見つ南に近き眞冬の日ざし

ズボンまた濡らしたる子を罵れば聲も立てずに寝ねてしまひぬ

わが幼子頬熱くして立つ見れば蟇《ひき》ひとつなぶり殺ししところ

夏蜜柑の皮のちりぼふ池のへに妻子を率《ゐ》たる我も坐りぬ

今日一日怒らざりし我を思ひつつ遊び疲れし子を歩ましむ

暗くなりし畦道を君に蹤《つ》き急ぐさむざむとしてただ麦の風

風強き麦畑を君に随ひて菜種の花も見えなくなりつ

夜をこめて光くぐもる野の家に眠り且つ覺む師と我と君と

ふすま距て先生の寝息きこゆるに夜半さめて久し心和ぎつつ

しづかなる學生きみが並び寝る夜半に口走る言葉鋭し

窓廣く麥畑の風吹きとほす講堂にひびく先生の聲

髭白く明るき聲に幼ならに說きたまふ田も作り詩も作れと

雨に伏しし麥を嘆きて言ひたれど所詮三坪のわが庭のうち

雜草《あらくさ》を踏みつつ來り限られし十坪の土に今日も働く

女兒《をみなご》は生れて泣く聲のやさしと言ふ妻のかたへの疊に我が臥す

生れてより二日たちたる妹をはにかみて見をり少年さびぬ

五日して妻が戻れば並び寝る夜床は小さき者三人居る

みどり兒といへど女子《をみなご》の並び寝て夜床はやさし我らと子らと

生れ來てをみなはやさし眼尻よりにほふが如き笑《ゑみ》ひろがるも

たどきなく居りたるひまに嬰兒の面《おも》ほのかなる夕映となる

疲れつつ水運ぶわが夕畑に土屋先生思ひてやまず

僅かに買ひ溜めしじやがいもを夜々ねらふ鼠が騒ぐわが枕がみ

疲れたる夜半の眠りより我は覺む鼠が窓を入りて來る音

扱《こ》きためし僅かの麥に鼠來て夜半に洋服簞笥にしまふ

トラックが木炭を焚く煙久し我は水運ぶわが畑に十五六杯

抽斗に入れられし蟬が折をりに動く音して子の居らぬ部屋

晝のまに取りたる蟬を幾匹も抽斗より子は摑み出だしぬ

遊びよりおそく歸りし幼子がひとり飯食ふ音きこえをり

ケーブルカー青葉がなかを下《お》りおりて樂《がく》の終らむ如きかなしみ

夜半の燈に見慣れし本の背の並び飲みし藥の效きくるを待つ

藥くすべ起きゐる夜半に見なれたる書《ふみ》の並ぶは心やすらか

この位置にこの本らある安けさよ去年《こぞ》の一昨年《をとどし》の夜ふけの友よ

苦しまむ子らの行末がやうやくに見え來る夜半にひとり起きゐつ

我に似て苦しき息に堪へてゐる幼子見れば賴るものなし

印税は赤き毛糸に變り來て妻が夜々編む小さきチョッキ

信仰を知らぬ世代と生れ來てただに苦しむ病む折ふしに

何を求め生くる命ぞこの夕べまぼろしきこゆミサ・ソレムニス

したしみし朴の一樹の散り果てて早や諦めし如く寝てをり

日に浸みて踊る羽蟲を見しことも霜ふる夜《よは》となりて寂《さぶ》しも

五圓札手握り持ちて宵々を幼子はひとり耳醫者に行く

注射打ちて又向ひゐる一つの窓昨夜月ありき今日くらき雨

咳き込みてしたたる汗は配給のブイヨンスープの皿に落ちたり

苦しき息する我を見て笑ふみどり兒見れば我も笑ひぬ

蒲團積みて高き枕とあかねさす晝の光をたよりて眠る

わが呼吸樂になり行くしるしにて枕を少しづつ低くする

クリスマスの歌うたひつつ我が妻がぼろ毛布にミシンかけゐる

エリ・エリ・ラマサバクタニと呼びしとき空より聲のきたることなし

今の嘆きはただ肉體にかかはれり思ひかへす醫者にならざりし我を

風の音しばし絶えたる夜の鋪道時計塔はゆるく十を打ちたり

張りつめし窓の氷にひとときに日のきらめけば我は起き出づ

子の墓石いまだ建たざるを思へども今日もこの寺に歌あげつらふ

詣で來しことなき我や歌會果てて子の遺骨ある部屋を横ぎる

燒跡に春めくと思ふ靄立ちて病院に行く子の手を引けり

君が手術着に湧く感傷よ父も叔父も我の二人の兄も醫師なり

子を待ちて隱れゐる我が目の前に蜘蛛の巣長く壁より垂れぬ

三月末急性肺炎。妻の母も輕い腦溢血にて靜臥。やがて三人の子供も次々にはしかを病む。

舌もつるる義母《はは》が呼ぶとき二階より寢つつ我が呼ぶ畠する妻を

鋏探すいとま無き妻と知るゆゑに今日もねてをり爪長くなりて

手の屆く限りはアララギ一册にて「雪裡紅《しゆりほん》」の文におのづから寄る

知慧づきて小さき弟をいぢめ暮らす文哉《ふみや》の心理が解らぬでもなし

收入なき父が病む我に金を置き卵を置きて歸り行きたり

とまどひて我は寢ながら父を見る千圓の金包を胸の上に置きて

ぬすみ見る父の面は靜かなれば暫く錯覺す豐かなりし日を

四時に起きて來しとふ父は枕べに辨當を食ふ十時やや過ぎ

價高き林檎を子らと分くる時怒とも恥とも寂しさともこれは

附添ひてやる者も無し幼稚園第一日小さき竹田君と行く

はしか出でて顔赤き子が二人して我が病室を時どき覗く

言葉無く寝に行く妻よかつがつに氣力たもちて日日を働く

どの政黨でも同じことよと言ふ妻に實感ありて我のたぢろぐ

蚤に泣く子に起き出づる妻の氣配部屋を距ててさびしきものを

金を借る勇氣なくして病む妻を死なしめたりと兄が嘆くを

金のことにうとき兄弟《はらから》ただ堪へて過ぎ來しこともいきどほろしき

痩せやせて遂にたふれし朝まで歸還《かへ》りし兄に嘆き言はざりき

風呂立つる水を幼な子の運ぶさま見つつすべなき時ありたらむ

うつうつと豌豆のすがれ抜き居れば自轉車のベル鳴りて妻來る

西日暑き土間の机に人勵むかいま見しより何のあくがれ

汗垂りて映畫立《たち》見《み》し男二人相抱くとき涙をながす

悲しみの住まふ我家も或る時は繪の如く見て我は近づく

五年前住みたる家が電車より見通しに見ゆ燒け殘りたり

醉ふばかり臭ふ曼陀羅華たのみつつ葉を摘み溜むる暑き朝あさ

この友の酔ひのまぎれに我が妻を褒め上ぐるをば聞きてゐたりき
我をけなし我を勵まし友酔へば京都の街もたまゆら親し
この友を憎みしこともありありと蘇りつつ今宵酔ふべし
一人のみ取残されし思ひして暑きこのごろ飜譯をつづく
十九世紀オーストリアの小説を疑ひながら今日も譯しをり
誰も來ぬ圖書室の椅子に裸にて此の夏はあり何戀ふとなく
短篇ひとつ譯し終へたる安らぎに晝少し前の圖書館を出づ

喪ひし妻を嘆きて兄の住む一部屋よトランクを二つ重ねて

亂れたる物のあひだに電熱器ともりて早き夕となりぬ

夕ゆふべ早く歸りて父母と蒸しパンを食ふか妻なきわが兄

衰へし父母を見て歸り來るやさしくなりし兄に送られて

石の如く凝り行く家婦のかなしみは貧しきは同じニューヨーク横丁も

妻に子にやさしくせむと思ひゐき貧しきブルックリンの生活が寫りゐて

ミシン踏み自信なく居る妻のうしろ何か言ひたくなりて我が佇《た》つ

生活に自信なくなりしを言ふ妻に今日は添ひ行く片陰る街

わが妻と並び行きつつ人の目を氣にすることもやうやくに無し

口ごたへ我がして居れどかくまでに寂しき妻の言葉知らざりき

よくわかりましたわ今度こそと妻言へばこれ迄かと眼閉づ

取り返しつかぬ思ひに眼閉づ無理重ね來し妻を知らざりき

何を怨み何を憤《いきどほ》らむさびしき二人おのおの傷つけあひて

我を責めてふてくされし如く我が默すただ明き月が意識にありて

かくまでに二人孤獨に眠らむか亂れし部屋に月かげ差して

男として仕事したしと言ふさへにいたいたしき迄に妻を傷つく

快く我に働かせよと望むすら今妻の生活を否むに等し

すべもなく距りし心と思ひしも過ぎてあはれなり病む妻と我と

病む妻も眠りに入らむいづこよりの光あはあはと映りゐる壁

大根の葉が仄白く浮びたる闇に忘れたる干竿をしまふ

泣きやみて明方の月を見つめゐし赤兒は我とおとなしく寝る

苦しみをすべて負はむと我が心決まりて今日は妻にもやさし

我が作るパンを食ひ芋を喜びて父は泊りぬ妻病む家に

悲しみを言ふに慣れざる父と我か妻病む朝を並び家出づ

圖書館に父をのこして鐘鳴れる朝の校舍に我は出で行く

校內の圖書館に老いし父の來て飽くこともなく半日居りつ

いら立ちてすぐ涙ぐむ病む妻に何にむらむらと怒吐きかく

かたみの孤獨目守《まも》りて行かむとぞ思ひ極《きは》めしも常の時なりき

意識して時に他人の如く言ふ病みてよりどなき妻と思ふに

ほの明るむ窓べに覺むる朝より仕事は我を待つ妻病む日日の

遺傳をば言ひ出でて妻の又嘆く苦しみ行かむ子もその子らも

夜毎起る我が發作をも顧るいとまなく働きて過ぎし一月

家の中を駈けをりと我を子が笑ふいまだ襁褓《むつき》を洗ふ暇なし

舌縺れ獸の如く母は喚《よ》ぶ幼な三人の泣き叫ぶなか

ひとりの時かくいたはりて思ひをりと病む妻よ時に思ふことあれ

我が作りし貧しき辨當食ひ居らむ子を思ひつつ晝のパン燒く

我がジャケツのポケットに手を差し入れて物言はぬ子の寄添ひ歩む

羨まず悔まざらむとペダル踏み立つ面影よ白痴ムイシュキン公爵

葱下げて子らよ歸らむ夕風にむつきも旣に乾く頃ほひ

雨ふりて女らの臭ひむれ合へる米配給所に我は入り行く

八百屋にも我は來慣れてためらはず嵩《かさ》ありて安き間引菜を買ふ

適應の動物といふ言葉あり適應の限界といふことも思へり

いざ皿も洗はむパンも焼くべしと先生にあひし我歸り行く

先生が居給ふとわが思ふのみに寂しき夜半の心ひらくる

わが妻が癒えそめしより道を行く處女美しく見え來るあはれ

大いなる動きの中に見透《とほ》し持ち堪へたりき彼の友も彼の友も

いさぎよく刑に堪へたる彼の日よりためらひもなき友の幾たり

理論なく神なき我におのづから在り慣れ行くを何とかも言はむ

我はただやみがたき心の呼聲に從ひ行くと言ひ切らむのみ

思ひしより丈低く我に並びたれば女童《めわらは》なりし汝の思ほゆ

わが苦しみを言葉短かにうべなひて隨きくる姪よ十年は過ぎて早しも

語るなく半日子らと居し姪が何かためらふ別れむとして

汝もまた寂しき結婚を知るならむ言ふべきもなき今日のわが思ひ

ボタン取れ胸汚れたる子を恥ぢて立止まるああサンドール夫人が來る

實踐に卽《つ》かぬ物言ひは無力よと事もなく言ふ二十のわが姪

匂ふ處女となりたる今も一途にて獨文資本論我に手渡す

夕べの丘辿り登りて着きし家ともるが如し君が若妻

客我に言ふかとばかりその夫にしとやかに言ひて立ちて行く君

十年へて夫にうやうやし初々《うひうひ》し燈《ともしび》に金《きん》に透く瞳して

この丘に晝はきこゆる雲雀のことはずみて告ぐる君が愛妻《まなづま》

引返す君ら二人よわれはひとり心よろこび丘をくだり來

聾學校に行くときまりし子のために今宵又みだれ亂れて居りつ

二階にてミシン踏む音が天井に鈍くやさしく傳ひゐる午後

夜半さめてきこえ來るもの輕がると階段を下りてゆく鼠の足音
採決の迫る時わが苦しくて暗く限りなく湧きくる疑惑
歴史的必然新しき倫理それもあれど様々の掛引に堪へがたくなる
はじめより憎惡してかかる交渉をわびしと思ふ心は消えず
小使の老婆ためらはず進み行きストライキ可否の投票をする
ニューヨークのホテルにて早く自殺せしエルンスト・トラー餘生靜けきトーマス・マン
我はユダヤ人なりと靜かに夫人言ひたれば圖らず心ゆらぎたり

ぬれ土にしみしガソリン虹色に光る夕べを傘さげて出づ

野間宏講演

知識層の自卑し來れる一事の力とならむ君が今日の言葉

細胞生活說く此の友が壇下りれば如何に呼びかけむかと迷ひゐる

躇へる心ながらに君を呼ぶ黨に孤獨の文學者君を

誠實なるインテリゲンチャの告白と聞く間に席を立つ大學生女子學生

壇上に苦しき告白に陥《お》ちて行くありありと孤獨なる文學者の聲

誠實に自らを追ひ詰むる告白の幾何《いくばく》が若き胸に傳はる

辨當を食ふ者「アカハタ」を覗く者革命者の文學を君期する時

一語一語聲張り上げて區切り言ふ兵たりし苦しみの餘韻の如く

冬霞む池ひろくして二人立つ若き焦躁《いらだち》は去りて遙けく

水の上はただ時もなき感じにて幼な二人の父母われら

年輪

海の上の空なれば斯く光沁み雲ゆくものか冬深むとき

清らなる社會は無しとの結論に我は思ふ微かなる人の會《あ》ひのみまこと

君の善き心は我を生かすなり國の異る意識より強く

甘やかすだけ甘やかし死ぬつもりなる義母《はは》あはれ我らは子らに苦しむ

殘されし日本最大の船といふ曇に白く浮く病院船

何がため彼の子は逝き何がため此の子に日毎我ら苦しむ

家へ歸りたくなしといふ思ひ妻にもあるをあはれ知る今日

ぼろぼろの障子を閉《た》てて五人寝る障子張ることはもはや思はず

四十過ぎて職失へる此の友がなほ我をかばふ如く物言ふ

今日もまた印税支拂を延ばす氣か血走る眼して言を左右す

戰の日に山峡に詠みたまひし歌しづかにてたぎちくるもの　齋藤茂吉先生

つひに歌はかくも烈しく寂かなるものと思ひて頭《かうべ》垂れゐつ

「捨身になれよ高安君」と既にわが言葉の如くなり歸り行く

軍衣袴はき髯白き先生と今ぞ立つ「山下水」の風景の中

美しき逞しき歌詠みたまひし悲しみを知る平凡なる川戸の村に

朝あさを子と聾學校に行く妻の己虚しうせる姿見送る

幼き混沌のなかに差しそむる光の如く言葉あり人の口を讀む

預りし母の手織のネクタイを皆ほめ行きぬ買ふ者は無く

十歳のマイクル・マレンが日本に別れ惜しみて涙流しぬ

涙して日本を去りしマイクルよ兄弟無くて犬を連れゐき

雨ふれば行かむかたなき此の思ひ我が體質のせゐにして歸る

ぬるま湯の如き溫情にたのみ居き激しき拒否は我を育てむ

ゆたかなる生活に據るゆたかなる思想を憎み生きつがむ國

いたいたしき青春を皆包み持ち稀なる醉に心寄りゆく

昨夜《よべ》妻の泣きゐしことも紗《しや》を距つ如く時雨の雨に歩めり

北窓の晝の光にミシンあり妻あらずただ機械の美しさにて

微塵光となりて夕日に群るるぶと暖き空氣の層がそこにあり

人間の傲慢をくじくものとして子ありと思ふ重ねて思ふ

日に幾度誤解をしつつ幼きは狂ほしく泣く耳遠きゆゑ

ひとすぢに幼き者の行末を言ふ言葉ゆゑ妻は強しも

われらかく貧しき日日にわが子らにわが幼年の寂しさはあらじ

ゆくりなく白き日輪見え居りてその前をしげく流らふる雪

わが過去も常にさびしく願ひ來しただ一つみづからの言葉もつこと

美しく强かれと主張する立場讀み來て見詰むわが聾啞の子

子のために我を傍觀者と呼ぶ妻にしばらく我は茫然となる

目を蔽ふすべなき今の苦しみにわが頑なを守らむとする

思ひ惑ふわが前に皿が突出され人造バターが匂ひはじめぬ

幾年ぶりか厨に妻はうたひをり聾兒らにリズム敎へ來し今日

木の雪はおほかた融けて日のなかにそよぎの音のきこえつつ居り

さやさやに綠のそよぐ樟の木のかげに寂かなり雪つもる屋根

胸部解剖すみて白布に包まれし君を見るかも出崎哲朗よ

或る驛の近づけばざわめく夜の電車米の包を皆かばひ合ふ

遠山に雪あり梅の咲く景色なにに涙をさそはむとする

絶えずたえず子をせきたてて歩みゐる己さびしく立止まりたり

子にただに命賭けゐる妻と知り何に心の冷えきたる夜半

己のみ愛せし己ありありと見えきたるかな恐ろしきまで

妻の子の心になりて生きむとし心いよいよ弱しはかなし

家も子も構はず生きよと妻言ひき怒りて言ひき彼の夜の闇に

妻と子の嘆きを常に身に沁みて如何にか人は生きゆくと言ふ

かの樂あり樂に相寄る人らありひたぶるの心我にかへらむ

補聽器買ふ話となりて來む夏の旅行のことは言はずなりたり

又酒にのがるる我に子を二人連れたる妻も共に坐れり

固き床几に子らは大人しく坐り居り燒酎入れしビール我が飲む

堪へつつも無知を羨《とも》しと思ふ日日けさ迎合の文字に驚く

雲赤く山青かりし朝明けを一目を見しがまた眠りたり

砂乾く河口に夕の潮のぼり微かにきけばひぐらしの聲

若き父は如何にか心しづめけむ子にいらだちし父を見ざりき
病む人もしづかになりてひねもすをラジオ鳴りゐるわが家の一間
日の暮にしぶきて降れる雨のあとただ平らかにくらき砂濱
走る人見えつつ邊《あたり》しづかなる聾唖者運動會場に我は入り來つ
聾兒らの走る間絶えず二階よりかかはりもなく樂は流れぬ
屋根の上の雪しづかなる夕映に遊ぶが如き雪いまだ散る
迫り來る時代のなかに聾兒らの圖畫展覧會一つ今日は持ち得つ

須田畫伯帽子とりいちいちに見給へば涙ぐみ目守る我とわが妻

やうやくに人は不具者をもかへりみる時代とならむ脆き平和のなか

聾兒の繪かくもきよらかに並びゐる地下の一室を去り難く居る

稍ややに希望に移らむ聾兒らを扶けて妻よ長生きをせよ

わが手引き己が繪の前に連れて行く幼子はしづかなる表情をして

人ら皆ほめくれし語調の一つさへ知らず聾兒らは描きつづけむ

喜びも悲しみも色を變へ來り妻も我も果たすべきもの見えきたる

寂しくも扶け合ふ我と妻と知るふた月まへと既に異なり

おのづから來るべきものは來らむに妻とわが少しづつ動かし行く範圍

生きて行く悲しみが少しづつ愛情に移りか行かむ底ごもりつつ

寒の夜の風呂に浮びて微かなる花びらありぬ何の花びら

「無防備都市」終りて頭垂るる人ら打ちつけにジルバの曲は鳴り出づ

手話少し覺えしからに眞處女の悲しみ一つ今日は知りたる

ゆくりなき旅のひととき丘ありて短か陽炎に我を居らしむ

やがて會ふ友を思へば麥の丘この陽炎に今しばし居む

用なきに徘徊する者は射殺さると讀みて我らは丘くだり行く

次つぎに歸り來しョット繋がれて匂ひなき水の昏れてゆく時

構ひやることも無かりき花を植ゑ金魚を二疋飼ひて居り子は

家を出でて眼を見ひらけと聲潔《きよ》し忽ちに思ふわが家の苦しみ

批判持ち友は皆貧しきに耐へて生く驚きに似て更に思ふ日

左翼學生には遠慮して言ふ教授のこと聰く見てとり一人は言ひぬ

人民の貧の極まる果てにして革命はきたると冷たき論理

同情し時に義憤を洩らすとも早や妻は我を相手にはせず

物言へぬ子を教へ片時も惜しむ妻に遲れし夕餉とらしめむとす

幼子のクラス會に我も出でしかば今日は道行く子らが呼び掛く

時の流れに隨ひ生きて堪へがたし皆默し講和の時近付くを

講和調印のありし日の街常のごと聲なき群の一人と歩む

黄の柵の無くなりし歩廊たまゆらは心搖らぎて歩みゐたりき

ひとりごつ如く二上君前に在り懲りず歌詠む學生のひとり
秋靄ふ光のなかに機關車の十あまり靜かに煙吐きゐる
四方より流るる如き風の音明るき寒き朝となりつつ
强ひて我が妻を忘るる慣《なら》ひとなり妻はらくさうに働いてゐる
ほのかなるものを愛《かな》しみ夜のほどろ遠く歸りてひとり眠りぬ
繼《つぎ》當てし幕の內側に坐りゐて幕上りゆけば辭儀する我ら
許されて普通兒の學校に醇と行く妻よ三年の苦しみの後

いぢめられし事なき醇はよろこびて普通兒の學校へ通ひ始めぬ

ぼろ積みし部屋に育てばわが子らは我より無造作に生き行くならむ

北窓は廣びろとして昏れかかり夕日のこる時計塔までの距離

夜の青葉に

夕ひかりふたたび淡く差しながら梢梢の雪つもりゆく

灯《ともし》暗き階段に満ちし少女らを分けて下りゆく授業終れば

夜學終へて歸り來し家幻燈を映し發語を學び居り子は

電話したき心幾たび抑へつつ居るとも誰にかかはりあらず

無視し來し老の呼聲の絶え果てし部屋しばしばに今我を呼ぶ

ただ一人の愛も贏《か》ち得ず朽ち行きぬ今夜《こよひ》わが家に亡骸ひとつ

喪服着し妻うつくししく並び乗る靈柩車の窓雪ふりしきる

倒れ木を越えゆく道の嶮しくなり未だ若若し妻の足どり

慌しく我を誘ひて山に來し妻は何思ふただ素直にて

二人のみ今日のぼりゆく冬山の道にほのかに匂ふわが妻

山巓の冷たき風に出づる涙はればれとして妻と見交はす

學生らの會にわが苦悩を打ちつけに言ひたることも道化じみゆく

歌詠みて一生《よ》を老いし齋藤茂吉の寫眞を見居りこの寂しさや

四十にて茂吉留學せしことも我の一生に幾たび思ふ

既に春の曇のしづむ山の方へ降《お》りし電車の入りゆくが見ゆ

どこまでも煉瓦薄紅き道つづく夕日明るき燒跡の街

來り去るバスら眞下に見えゐしが夜となる街に階をくだらむ

さまざまに脚亂れゆく歩道見え階段の上にわが妻を待つ

生理的嘔吐となりて繰返すビラに見し細菌戰の一齣《こま》

細菌戰今に現《うつつ》に訴へて在りたるビラもただ一日のみ

くもりなき二世の顔が幾たびか寫りてオリンピック映畫終りぬ

次つぎに歌やめてゆく工場の歌會より遠く一人歸り來

たのしきこと一つ言はぬ我にして月月に遠く來る工場歌會

白く圓き塀ぞひにして夕ぐもりゆるゆると行く競馬うまひとつ

病む君にやさしき君が若妻よ旅遠く來し心やすらぐ

すこやかと思ふ心に旅終へて歸るわが家は山羊飼ひてをり

山羊追ひて行く道の上ほろほろと木の實の如き糞《ふん》こぼれ落つ

林檎箱にのぼりて眠る山羊二つかつていさかふ聲をば聞かず

冬なれば毛深くなりしわが犬と外套を着し我と歩めり

恥もなくなりゆく國に生くる思ふ聲入りまじるラジオの下に

あらがひて遂に滅び行く映畫二つたかぶりて見つ二日つづけて

「世界の良心ではない」といふ言葉苦しき今を我をいざなふ

牽かれゆく老農夫に出逢ふ瞬時にて一人歴史に捲き込まれゆく　「革命兒サパタ」

歴史のいざなひかくる瞬間を拒み拒みて生きて來しとも

かがやける夜の窓の露をりをりに悲しみに似し黒き條ひく

一筋に木津の川土手伸ぶる見て歸りゆくとき腕を組む妻

十四年にはじめての旅に伴へばかく素直なり妻といふもの

三寶柑の花の匂ひに立ちどまる夜深く君の寺に着くとき

蠟のごと細き燈臺に灯が入りて入江を舟に溫泉《いでゆ》へわたる

山羊ひきて子の歸りくる夕日かげ遠き追憶に似て見まもれり

セルロイドの玩具らしづかに並びゐて昏れゆくデパートの中が見え居り

ゆたかなる胸乳《むなぢ》かきむだき嘆く夢めざめは遂にはかなかるもの

かなしみは夢につづきてわが山羊の母子《おやこ》草くふさまを見てゐつ

わが心をののき易き季《とき》となる山羊は日なたを既に恐れず

横丁の茶房晝くらき燈をともし穴ごもる如き心やすらぎ

わが窓に枯葉の如くゐしものは去りてつぶらの卵かたまる

ひつそりといつまでも妻が編みてゐる鏡の返す夕かげのなか

北窓の早き日ぐれは諦めに似つつ安けし物讀む我に

茂吉解剖所見つまびらかに讀み終り寢ねしかばこの心寂しさ

アーケードの下白き燈はつらなりて花らは既に硝子戸の中

オーボエの低き音《ね》に似て夜の來なばたのしきことも我を待たむか

夕靄にただ枯れがれし草生見えたのしきは少し金持てるゆゑ

保津峽を出でし頃より畑土に霧立ち立ちて朝また暗し

ながながと貨車過ぎしあとわが汽車の汽笛につづく汽笛のこだま

闇米を搬ぶは女のみにして次第に悲し夜の汽車の中

信じ易き我かと思ふ今日讀めば又思ひ異なる松川事件

ただ並び行くのみに足る妻となりこの寂しさよ安らかにして

片側は雪まだ深き鋪道にて埃巻き上げ來る乗用車

獅子の口より水絶え間なく落ちながらなべて明るし硝子戸の中

俄なる春のきざしにガラス張りのビル高層に窓一つあく

海に似し深き心をただ戀ひて暗き夕べの坂のぼりゆく

トンネルの煙しづかに出でてをり峡めぐり汽車の遠ざかるとき

觀客の見えぬ位置より見る舞臺さむざむとして踊子ら舞ふ

この部屋の何か暖かに臭へれば孤獨に死にゆきし義母想ひ出づ
わが山羊の小さきは或ひは畸型かと言はれ來て心わだかまるもの
乳も出ぬ山羊など殺してもよいと言ふ唐突に子の短き言葉
何といふやすらかさにぞ人間の兩掌が我の手を包み持つ
愛慾を二義的として過ぎきたる長き年月を思ふことあり
さそり座に月かかりつつ音もなし青葉は少しづつ冷えゆかむ
アパートの窓窓あきて部屋透し見ゆる窓にはまたアパートあり

蜘蛛の巣がまがきを白く包む晝わが母は老いて我を伴ふ

力盡し努めぬ夏の過ぎゆくに敵あることをひそかに恃む

いつまでも仔山羊に乳をのませつつ飽きつつ子らが飼ふ山羊二匹

ただ愛《かな》しく勞《いた》はり歸せし君のことも小さき疼《うづ》きとなりて遺らむ

天地《あめつち》の崩るる下の一輪の花をうたひし人もまた亡し　原民喜詩碑

やや高き天守閣跡の草にゐて遂に明るし廣島の空は

灼きつきし人影うするる階の前バスの埃がまた吹きつくる

朝よりの微かなる嘔氣つづきつつ被爆中心地に歩み入りたり

毀たれて公園になるといふあたりひそけきさまに人は住みつつ

新しく建ちし教會より鐘鳴りて冬の空氣を感じつつ居り

郵便局出でて靜かなる思ひには常に吹雪《ふぶ》ける北の山なみ

冱えざえと濡るる鋪道の果《はて》にしてわが家《いへ》はあり寒氣湖《かんきこ》の底

砂の上の卓

幸いの見るみる失せて行く思い激しきものはわが内に住み

わが知らぬ生き方がそこに在るならん朝は憤りさめて思えり

起き出でて朝は冷き木の椅子に憤りの手紙書き直すなり

リルケ讀めば心おびゆと一人言う學生の顔をしばらく目守《まも》る

しばらくは息つめて遠きものを戀う櫻の上の赤く圓き月

すべて早や喜劇に見ゆと言い切りし我が日にち《にち》を何が救わん

ひと一人知りゆくことのよろこびの日々あらたにて君を生かさん

なべて人にやさしき兄よ戦いに在りしゆえまた妻を喪《うしな》いしゆえ

耳聾《し》いし子が投げる石草むらに道に音する夜を連れ立つに

はればれと水と光にぬれし顔如何なる未來も汝は思わず

刺す如き何のかなしみ晝砂に圓き乳房の若き母たち

茫々と沖よりの風旗を吹き三十年を何恃み來し

遙かにし集えるものは華やかに見えつつ熱き砂を踏みゆく

少年にて羨みしものもはかなしよ砂に置くテーブルに向きて坐りつ

ボートにもすぐに飽きゆく幼子よ山が動くと今言い居しが

夜の庭の卓にむかえる妻子らを歸り來し家の中より見つむ

山かげのプールに滿ちし子らの聲その聲の中へ子と入りて行く

ブランコに辷り臺に夕べの風吹けど乾き果てなし小公園の土

テーブルを庭に置き食う朝夕に乾きし土は心疲れしむ

食卓の紅茶に蜂が來て嘗《な》むる息づき速き腹が見えつつ

人のため働くきおい無くなりし妻をしばらく思い居たりし

感情のかかる浪費は何がため夜のしばしばにひとり目覺めて

恣に文學書讀むこともなく二人燈のもとに校正をする

雨具着て鐵の扉をとざす人小さき燈臺の下我ら去るとき

我をにくみ晝も夜も坐る妻の前言葉はなべてむなしくあらん

ただ一人心包みて生き來しをすべてを今は汝に言いにき

半生を我を苦しめ來しものの落ちし思いに汝のかたわら

一人のみ生くるならずと知る時に今はしずかに湧く力あり

遂に寂しき一生の道の細りゆくと汝に言わしめしことを忘れず

何の旋律か思い出されず裸木の林の奥に日が落ちてゆく

斷れるもの一つずつ斷りて力集めん貧しかりとも

この勤めもやめんと決めて出でくるに濡れし鋪道の夜のかがやき

物讀まん心湧きつつ生活の單純を今は我はよろこぶ

二人して生くる難《かた》さを知りゆくに知りゆくはなべて樂しと思う

かく近き一人知りゆくことさえも言い難き時の過ぎゆきのなか

今のことは今しみじみとありたしと匂う紅茶を口にはこぶ間

光のなか光さわだつさまなして黒き鳩群橋よぎり飛ぶ

わがことのみ思いて長く過ぎ來しとようやく知りて心老ゆるか

燃ゆる如き空氣の中に仕事する赤鉛筆の芯やわらかし

聲變りせし子が暑き隣室に犬に物言う低き聲する

ものぐさの我の一生《よ》に子らありて犬小鳥など我に來て棲む

ただ息の安きを乞いて過ぎし五日髯やわらかに頤《あご》蔽うまで

遂に息できぬかと思う一瞬にはてなく心慌てゆくなり

こだわりて寂しかりしよ病ありて人に異りしわが少年期

コルベンの水くぐる酸素の耀《かがよ》いを一日傍《かたえ》に置き喘鳴す

口答えせぬ妻にひとり憤《いか》りつつ病みつつ寂し若さ過ぎたる

わが室の本の位置まざまざと目にあれど起《た》ちがてぬかな行きがてぬかな

ひたひたと冬土を駈けてくる音も我ひとりきく暁ごとに

眞夜さめて往診のため服を着る父をあわれと思うなかりき

二重窓の内外《うちと》に揺るる樹の影のしばらくやさし午後となりつつ

友のなきわが妻わが犬わが子さえ友なきことを日記に書けり

口に出さぬ寂しさは妻も同じからん不具を怒りて子の寝ねしあと

國語少し教えしのみににこやかに今夜《こよい》寝に行く聾《ろう》のわが子は

北極飛行

午後一時　空半円に夕映えて南に低し月の利鎌《ジツヒエル》
はるかなる茜《あかね》を追いて飛ぶときに雲は大地をなべて閉ざしつ
くれないに流るる雲の下透きて水底《みなそこ》のごと野も町も見ゆ
ゆらぎつつ高度下げゆく機上よりクリスマスの夜の電飾が見ゆ
日はすでに南に沈み限りなく北指して飛ぶ薄明《はくめい》の中
北極を指し限りなく飛ぶ夜空眼よりも低き星一つあり
ノルウェイの島々暗き海に浮び池の水際の沫雪《あわゆき》なすよ

家の灯の雪にひろがる小さき村凍らんとする峡湾《フィヨルド》の岸

紫に排気孔より踊る火気見ゆるものなき極北の闇

刻々に又無き時を去りて行く叫びに似たるものこらえつつ

気の遠くなりそうな極北の夜を飛ぶ一つの我を葬《はふ》る思いか

想われているかも知れぬわがからだ星となり極北の空よぎり飛ぶ

Bitte《ビッテ》, bitte《ビテ》! の語感かなしみしより幾月か須臾《しゅゆ》のごとく経ちいつ

ベートーヴェン第七の余響リンデンの黄葉《もみじ》鋪道に降り沈むとき

扉ひたと閉じたる石の家々に鍵一つ頼りに夜ふけを帰る

交わりもなき階上の人声が不意にわが壁の中をつたえり

このなだりフランスの兵　かの斜面ドイツ兵眠る万の十字架

極北を今し過ぐると伝うれど茫々として夜があるのみ

わが未知の世界遮二無二《しゃにむに》ひらけ来て息のみて見つイラン高原

岩山のかこむ砂漠に塩のごとこごりて消ゆる行方なき河

鷗外茂吉リルケこの地に住みしかど過ぎにしものはかえることなし

竹煮草《ぐさ》月見草《そう》ドイツにあることを確かめて今日の散歩を終る

日本の小草《おぐさ》と同じ草萌ゆるおどろきを一日心にひそむ

ルウベンスの何百号かやすやすと運搬車で行く朝の街衢《がいく》を

稀にして今日秋風の狂う街みだれ明るき髪うつくしき

諦めの表情はすべての人にありドイツ統一にわが触るるとき

霧が来て冷雨《れいう》が来て冬となりてゆく黒ポプラの樹に黒き鴉ら

降臨節《アトヴェント》四つの蠟燭七日ごとに一つともりて去る日近づく

凍りゆく池がめぐらす森の径白き日輪南に低く

小さき区切りの中にこもれる人々の音にて夜ふけ水道管が鳴る

アルスターの冷たき風に涙出で心すきとおるまでにたのしき

ふたたびは見ることなしと思いたるウリーと冬のアルスター渡る

日本の果実讃《たた》えて言いしより小さき唇《くち》は怨みを含む

なつかしき人らに次々別れゆくことも詮《せん》なしハンブルクの夜

次々に別れ重ねてついにひとり雪とかすハンブルク十二月の雨

夏着《なつき》居しわがシャツなどがミュンヘンより届きて我を孤独ならしむ

ドイツのこと今日も語りて人の前心かよわぬ口閉じんとす

身ひとつを持てあましつつかなしみしドイツの町の恋《こお》し日々《にちにち》

街上

コカの苗うす緑透く幾百鉢かかるやさしさの毒をはぐくむ

白き札限りなく墓標の如く立つ薬草園のうらがれの季

無防禦の姿さらしてひたひたと日のおりふしに水を飲む犬

考えがまたもたもたとして来しを椅子の上から犬が見ている

ただ浄き娘《こ》のピアノ曲情熱のこもり来ん日を微かにおそる

かすかなる心の翳も読み合いて過ぎゆく一日一日の落葉

火傷に卓効（原爆に如何に）葉肉厚く刺あるアロエ

なまなまと病院を出でし塵埃車街に平凡のトラックとなる

ゆえ知らぬおかしさとなる――一瞬を耳殻の中に狂う昆虫

シャボン玉街に流るるかくまでに跡をとどめぬ風の産卵

物言えぬわが少年の頬染めて知らしむ語りたき少女あること

枝の上に枝が落せる影があり冬木みずからに交わせる対話

桃二つ寄りて泉に打たるるをかすかに夜の闇に見ている

暖き驟雨のなかに泉一つ噴きやまず地下の冷たき水を

葉のうらをやさしく曝す木立ありその彼方灯を拒む闇あり

潮騒の如き夜の音わがためにわれは灯ともす葡萄葉の下

夜気くだる煉瓦素足に触れながらゲーテ三行を訳しなずみつ

闇のなかに羽音鋭く落ちる蟬燈《ともし》は近きわがめぐりのみ

深海の貝かすかなる眠りにて眠るときのみ貝殻育つ

子と居るが安らかな時なおしばし思想なき思春期《プベルテート》の三人《みたり》

はじめての炭火が部屋に来る瞬時やさしきものを頬に感じる

紫に光透く高き塔ありて無数の羽虫きらめきのぼる

窓すこしあくれば寒夜《かんや》とめどなく壁を侵せる雨の音きこゆ

着く土を選ぶがごとし漂いて光の中の今日の風花

くれないの莟は冬の部屋に垂れクリスマス・カクタスついに開かぬ

行進を歩道に立ちて見守れる人ら動かさぬ表情の裡

一つの死めぐりてすでに異なれる鑑定書立場立場を負いて

奇怪なるゲームの如し刻々に安保成立を待つテレビ像

羽ばたきて鳩くだるとき駅ホームの日ざしの中に埃舞い立つ

ガス燃ゆる音ききてひとりこもる昼冬木うるおうほどの雨ふり

降り出ずる木下の落葉乾ききり埃の如き色を保てり

貧しきゆえついに胸病むと型の如きこの現実に我はうろたう

わが留守に働けばまた幾日病む妻なり声もたてず臥し居る

いらだてりとも思わざるわが手より厨に皿の飛び立ちて落つ

心には立ち入ることのわずらわし衰えて行く妻とある日々

病む妻も我もあわあわと振舞いて秋日に似たる安けさもあり

わらわらと降りつぐ落葉鳥のごと我はいくばく読みたるならん

暖き秋に芽生えし藷の葉のなびき伏すまでけさの白霜

暖き日ざし恋うるとナポリにて烏賊を食いたること思いいず

ひとことも話せざりしわが聾児醇徒然草声に出して読み居り

街上の変身ひとつ窓無数に瞠《みひら》きて被覆《おおい》去りし建物

鉄骨の奥深く誘うごときものすでになく明るき石の壁見ゆ

むらさきに染まり少女らゆらめける美容室ありビル中核に

ただ一つの実体として寒空に黒く激しくひろがる煙

なかぞらの光あつめて動かざる雲ひとつ居り午後部屋寒く

写りたるわれは醜しほのかにも処女さびたるわが子並びて

妻に触るる痛き心よかくまでにかぼそきからだ保ちているか

母の病むことにも慣れて朝々を出で行く子らか暫く思う

ソレントの岬山《さきやま》の上おしろいの花ありしかと思うあかとき

癌と言われ心きまりしわが妻か今夜《こよい》嘔吐もなくて眠れり

すまぬことばかりでしたと言う妻の肉落ちし背撫《せな》ずるほかなき

麻酔ききゆく妻とさりげなき言葉交《かわ》して手を取り合えり

全力を尽すと言いて手術室に君入り行けばひとりとなりぬ

ああかくも無心に遠き雲の行汝《ゆき》が生き死にのきわまるときを

癌ならずと聞きてかすかに叫ぶ妻エーテルの香のむせる如くして

忘れいしおだまきの花咲きにけり思いしよりも紫淡く

葡萄の芽にわかに目立つこの朝を癒えたる妻の明るき声す

我らのみ在りて苦しむと思いにき助けたまえり君もまた君も

重き病癒えてしずかに妻のいる円かなる老もたのむべきかな

人ごとに手術のことを語りつつ癒えて行く妻イリス咲く日を

おどろきしとかげに我のおどろきて他愛なし暑くなりしひるすぎ

言うたびに誤解増しゆく人の前浅くかけたる椅子を意識す

交差路をわたる雑踏にわが子居り少年期過ぎし寂しさの顔

雑踏より醇《じゅん》きたり文哉《ふみや》あらわれて街かどに揃う貧しき家族

皺みたるシャツ恥じぬ子ら装いし母いたわりて飯食うと行く

感傷を避けて言い放つ子の言葉にもろく傷つく妻を見て取る

わが娘の声を電話に聞きて居りやや羞じらいて媚あらぬ声

驚くはわれのみわが娘《こ》うしろより雨にぬれたるわが素肌拭く

やさしさの萌すわが娘よ汝が知らぬ我もあるもの我を愛すな

ドイツ語の変化書きちらせる机意外に近く子は育ちいる

たかぶりもなく子が示す警官に撲たれ腫れあがる眼の上の痣

中標津《なかしべつ》の宿り八月の霧淡く部屋のうちには炭火匂えり

学校へ一里の道に指凍え泣きし清原日出夫おもわん

まれまれにある家のためいつまでも低き岬を電線続く

海よりも低く見えつつ湿原に流れあり馬のむきむきに居り

帰るさえなお限りなく行くに似て野付《のつけ》岬を吹く海の霧

屋根にのぼりサイレン鳴らす人が見ゆサイレンは遠く海渡り行く

蟬の声ひさびさにして聞くものか屈斜路湖畔北限の蟬

問のまま閉じざる若き友の死か室あたたかに我ら居るとき

ただ笑う声のみ遺るは何ならん二日見ざれば亡しと伝え来

たわむれに隠れいるかと思うまで唐突にして君をうしなう

故知らぬひずみに満てる家の中苦しきは死か生かにがしも

悲しみを見せぬその父戦いの日に幾たびをわが見し姿勢に

雨すぎて眼下《まなした》の森かがやけりくろぐろと冬の森なりしかど

くびれたる胴動かざる蟷螂の産卵無数の死を産むごとし

医学生わが子の朝をのぞきみれば蟇《ひき》の骨こまごまと洗いおり

平明に澄める湖のみわが裡に見えつつ居たり偽りに似て

びしょびしょと人群れてゆく林泉《しま》の奥雪に鋭き鳥が音あまた

石かすか光もつほどに雨ふりて踏むにしたしき朝の道あり

さくら咲くと心ゆらぎて佇つ朝の雨ふる空にただ杳《くら》し花

わが内の若さはむしろ苦しきに道のいずくも雨に芽吹く木

川の面にくだり来る鳶思わざる大きさに心に翳さしながら

照らされし空間にして水柱打ち合いしびるる如くなる個所

わが前の空間に黒きものきたり鳩となりつつ風に浮べり

ハマナスの実のくれないに透くころか思う北にも友ははやなし

華やかな笞縦横に打ち合えり立葵しどろに揺るる疾風《はやかぜ》

荒地野菊はなほつほつと浮びいる日だまりを昨日へとびて行く蝶

口ひらけるマンホール人の影なくて遙かなる声こもりてひびく

夏涼しく空のまほらに浮ぶ雲その奥行も知れりと思う

臭う煙町に広場に漂いて形なき幼き恐怖は返る

Coffee の e 一つ剝げし壁面に向いて長く待たされている

河なかばまでひろがれる大阪の暑き煙霧に突入す　昼

煙霧――半透明の街と化し四百万声なく煮らる

ビルの一部が山頂のごと路地に見ゆかぐろき梯子など斜めに引きて

暑き日の地下案内所影のごとく人群れ脱出のたくらみを練る

風ある方求めて高くのぼりくれば犬理髪所に毛を刈らす犬

灯を飾るビル屋上の一角よりふりこぼし居り異国のリズム

あわれ何事もなき赤き月われはオイル・サーディンのごと汗にまみれて

形なく夏は責めくる　ひよわなるわが若者の娶り近づく

熱帯魚あらぬ水槽　地下室の茶房人群れてむきむきに居る

子ら三人青年となるわがめぐり新聞紙床に散らばる暑さ

灯を消して小さき画面に寄る家族関わりなき物は我らを結び

若かりし死者思うかな氷菓もとめドライアイスの詰めらるる間

虚像の鳩

夜に移る群衆か濃く流れつつ迷路地下街のいずこに果つる

地盤沈下ゆるやかに進むビルの下このやわらかき肉の流れよ

幾重にも堰かれて地下に滞る塊《マス》　ひしめける顔ら手足ら

勤《いそ》しき蟻のひとりと地下を行く阿鼻叫喚のまぼろし持ちて

寒《かん》疾風《はやて》およばぬ地下の蜂窩街方位感などつねに閉ざして

地下深き映画館の椅子にきたり倚りたちまちに諦めの姿勢みな持つ

穴ごもる如きを恋いて人は来る貧しければ悲しければ酒あればはた

地上の風わずかに届く階段を漂いのぼるへどろの臭《にお》い

同じ手が天ぷらのころもつけており地下二階また地上十階

職を得てきおい地下駅の雑踏を帰り居きぼく二十六歳

コーヒーの湯気消えてゆく赤壁の思わぬ高さに黒き掌の型

ためらいの心に似たり冬一日風に押さるる半開きの扉《と》

燦としてエスカレーター止まりいるビル中央の閉店時刻

屋内の非常階段ひそとして群衆と扉ひとつを距つ

鳩一羽近き裸木に来てとまるたわたわとしてわが裡の枝

すべすべと長き木材のひしめける朝の駅を一息に過ぐ

くれないの色鮮けき鉄梁が枯野よりたちまち頭上に伸び来《く》

美しき錯覚の如く工場あり艦橋の如き野外装置も

ようやくに形なしゆくビルひとつ遠き風景を変えつついたり

よろこびは春の潮《うしお》のごとく来て君を洗わん君をはこばん　祝婚歌一首

眼かばう姿勢となりしはずみより裡《うち》限りなく後退続く

わずかなる草木の緑こぞり伸びわが居る位置の低くなりたり

虚しきを孕みて空《くう》に立てるものすさまじき鉄骨群の静まり

鉄骨のかぎる一劃一劃に予感の如き夕映がある

動物園寂《じやく》として暑し檻ならぬ切符売場に切符売る女《ひと》

虚をつきてまこと白昼の市街バスに少女キスマークの頸を包まず

葱の中に草生い今は草の中に葱抽き出でて長き雨ふる

ゆずりやりしわが机にて夜半すぎ読みて飽かざる娘をおきて寝る

わが過去の何かの如くマンダラゲいずこより来て鉢に萌え立つ

白鷺の低く飛ぶとき見えいたりひたすらに後《あと》に伸ばしたる脚

熱き日に草がくり行く軌条見ゆ照りて明るき弧の寂しさに

雲低く日ぐれのごとき風吹けば野にいつよりか電線を見ず

テトラポッド影を聚《あつ》めて薄明の一角に浪を砕きつつ居き

海――その白き歯の前を幼きひとり手を引かれ行く

海の恐怖知らずひたすら轟きの中に砂たたく小さきてのひら

胸透きてそよぎの如くきたるもの遊ぶ女童《めわらわ》の北の方言

今しばし霧――山毛欅《ぶな》の木らうずたかき新雪待ちてすこやかの肢《あし》

微かなる土くれが傾斜をころがれりその反復が成しし傾斜を

船の航くかたちして遠き海の上夕べの島はいずこに向う

北の海より帰り来し街花茎の如くしないてバルーン幾すじ

鍵廻る微かなる手ごたえ朝朝にたのしむに似てわがひとりの部屋

たちまちに力なく落ちて行く爪が見ゆ日のあたるビル片翳るビル

いずこの室か電話のベルのこもり鳴る雨傘をさげ階のぼるとき

見おろしのむなしきに立つ風のありまばらなる黄の間なくまたたく

若者の医学書に冬こまやかに毛細血管の梢がけぶる

落葉樹林葉おちつくせば目くるめくまで参差《しんし》たる灰色の線

光落としバスとまるときうずたかき落葉をふみて人の乗りくる

鉄梁の巨大なる橋ぬけてくる幻のように人あらぬバス

直立し浮游するたつのおとしごら微かにまなこ動くものあり

操り人形めきて静かに浮き沈み時知らぬ群たつのおとしご

組織と法に拠りて醜し黙せと言う黙しておれば罪人のごと

見おろしの空地よぎりて木より木へ見えざる糸をひきて鳥翔ぶ

立ち直る気配ありつつ雨あとのしどろなる孔雀草のむなしさ

照り翳り微かなるものも疑わず生きよ　はげしき夏満ちんため

地下水を撒けその熱き土の上に炎の如き風を起さん

乾きたる葉ずれ怒りの如き木木日灼けせし朴のもっともはげし

翅うすく飛ぶものとむしろ濃き影と錯綜すためらいまたすばやく

暁をめざめはかなく浄められ前のめりに今日へ入り行く意識

何をして人らはひそむ夏ならん空しき建物のにわかに虚し

白き屋根夕風に乾く羽ひろげ溶暗の空に翔び立たんとす

二三度の差にかくまでに心澄み我の見ている今日の屋根並

音楽もて埋めつくさぬ空間をこそ　柔かにめざめし耳に

コンクリートの肌あらあらし冬の陽に涸れし噴水の蛇口群立《むらだ》つ

ふるさととは今我になに　川の上にコンクリート架道うねりて走る

樺色の　黄のクレーンの空刺すをもとより我に帰郷などなし

煤《す》子《す》の降る窓べに恐れあこがれし未来かこれが　今歩み行く

たえまなく目をねらう塵これのみかさながら幼かりし日の街

つね病みて荷馬車馬蹄のひびきしか我さえに同じ我にあらねば

荷馬飼う土間より二階にのぼりたる友の家夢のごと幼くありき

ここばかり不思議に人の絶えながら風吹きぬける0《レイ》番乗場

音もなく肉色の電車入りきたる港の風を求めて立てば
塀の上に見ゆる工場の一区劃じわじわと走行クレーン移動す
巨大なる倉庫のあいだ抜けくるに人あり人の言葉暖し
死のごとく来る汽船よりふとぶとと笛鳴り出でて高きを渡る
ただ一樹全身に赭き葉をまとい枯れ立てり鋪道真夏の並木
法師蟬こぞり鳴き立つ夕ぐれをひとつ息長に沁むごとき声
たちまちに日ざし翳るを街屋根の彼方ひるがえり行く白き鳥

広場すべて速度と変る一瞬をゆらゆらと錯覚の如く自転車

いっせいに方向燈をまたたかせ滞る広場日暮れのごとく

ひそひそと屋根伝いいいし鳩ならん楠の樹冠にこもる羽ばたき

街の上なだるる翳と旋回《めぐ》れるに目立ちて白き一羽がありぬ

羽ばたきの去りしおどろきの空間よただだに虚像の鳩らちりばめ

屋上の鉄柵の纏いいいしものら羽ばたき去れば透明の冬

死鳥のような落葉が散らばつているばかり囲われた庭を誰も通らない

かすかにいつまでも従《っ》いてくるのをようやくもみじの匂いと知る

冷えし鋪道の夜の光を踏んで行く自分の歩幅をたのしむように

朝光にさながら影となる樹樹ら燃ゆる樺色の半身あらん

どこまでも森の上辷り行く影を追う画面白鷺の姿はなくて

神経のごと車らを行き交わせ暮れ行く山は花あざみ色

落ちいそぐ枯葉の音のしきりなる木立くぐらしむ冬の心を

さびしさも遠き記憶となり果てん若萌のとき若き妻来て

目薬をさすわれの目にまじまじとかぶさりて来る鈴懸の青葉

夕かぎる土平らかに鳩一羽小太りに歩み草がくり行く

植物のごとくけだるき若者ら少女ら地下の室に出で入る

うつうつとのぼり行くときつつぬけに階段坑《トレッペンハウス》を立ちのぼる声

捉えがたく休暇の夏の迫りつつ晴天よりもまぶしき曇

人出でしあとを明るき昇降機廊下の一部となりて静もる

心よぎる翳の如くに飛行雲つねによぎれり湖の空にも

しずまれる枯葉を起しゆく風か夏すぎなんとする深き闇

知られざるレトルト　ビーカー立て並めんわが夏透明のラボラトリウム

みずからの下《もと》に黄の葉をつもらせてしばしはあらん鋪道の一木

ひとりごつ如くに降りてまた見ればひっそりとただ積もりいる雪

枯草生に降り沈む雪いつしかに径幾すじか白くなりゆく

音絶えし或る世のごとく雪は降りおりふしの空に日のかたちあり

たゆたいて舞う雪片の彼方には横ざまに吹雪《ふぶ》きゆく白き縞

さだかならぬ思考のまにまわがうしろひそかに雪は降りつづくらし

たちまちに日ざしあまねき窓となり吹き上げられて迷う雪見ゆ

雪かぜのおさまりゆきし夕まぐれ石巻き上ぐる鎖の音す

夕やみの侵しくるわが心にはかの竹やぶの折れ乱る竹

滅びゆく低地ドイツ語を愛しみしグローナウ老をふたたび見ざりき

ミュンヘンの変りしさまを人は言えど見んと思わず君を見ぬ街

看護婦についになりしと嫁ぎしとヘルガかのころ十四の少女

北山に雪雲こごる昼なれば砂糖惜しまぬ茶のやわらかし

遠き屋根に雪のとけゆくきらめきはうすら陽のなかくれないを帯ぶ

そそり立つクレーンの秀《ほ》に夕星《ゆうずつ》のごとき灯ひとつ　夕焼くるとき

素直なる樹相その他あらわれて冬はたのしも我の歩みに

一月になりて裸木のまとうもの日のくれぐれのその蘇芳いろ

冬なれば明らかに枝は天を指す雄《お》の公孫樹見ゆ遠き街の上

はや点る広告燈の白き文字夕光《ゆうかげ》の空を撫でつついたり

低き唸り満ちつつ人を拒みいる碍子《がいし》むらだつ夜の一区劃

心放て心放てと硝子戸の外の夕空をなだれ行く鳥

ひたすらに土を積まるるトラックの耐うるが如き後姿《うしろで》やさし

メキシコ産つゆくさの学名も読みて行く学名は学のよろこびのごと

トランジスカンチア・アルビフローラ・アルボビッタータ呟けば小さき祈りの如し

裏むらさきセブリナ・ペンシュラ見飽かねば戸を閉ざさんと人は待ちくるる

娘とすごせし冬数週のなごりにて心あやしきまでのやすらぎ

さらに来ん別れに備う別れかとその折折に子を発たしめつ

「ひとはみなひとり」と妻の言うときに薄刃の如きものに裂かれつ

音程をしずかに変えて鳴きつげば蟬さえすでに次第に苦し

かくまでに疑えぬもの我は持つ遠き電話に娘の出ずるまで

働きて得るよろこびを声に言う蓮枯れ枯れし街なかの池

いつまでも花終らざる野牡丹のむらさき群るるつめたき光

藤棚に蜂の唸りの絶えざりき日のけぶらいき幼かりにき

ひと日ひと日若葉ひろがる遠木立陽に照る屋根のなおわずか見ゆ
たゆみなく畝起こす見れば春の陽に二畝三畝すでに乾けり
若き葉は木に満ちみちてひろがれり二人かならずしあわせを得よ
安らかに育ちし日日にあらざりき妻を得て世の愛《かな》しさも知れ
戦いの日日に貧しく育ちしをあわれと思うに強く生き来し
呼びやまず――人かげもなき座礁船傾きて細き帆柱ふたつ
きわまりて青き空よりさす光午後に移るを感じつつ行く

時刻表にありて来ぬバスひとり待つすでに待つのみの姿勢となりて

炎ゆる土忽然と褐色の鳩降《お》りて忽然と無し眼を上げしとき

おぼおぼしき光の中に我を迎うルリハナガサやタビビトの木や

うごくものなき朝なればひとりなればわが初夏をひた咲きのぼる朱花

朝朝を目にしむばかり開く花信じたし信じがたき背後も

葉桜の重たし逃れようもなく疑惑こめたる道が続けり

さわだちていっせいに起きあがろうとする草葉　白くあやつりの如く蝶来て

澄みまさり雲雀ひびかう基地近く飛び還りくる夜のふけのみと

夜くだちに飛びきたり去る何の鳥朝は雲雀の声のみ満ちて

茫々と麦畑なびき雲雀あがる　何《いず》れまぼろし　基地・傷兵と

飛来する腹中に傷兵満ちて闇と暗さをきそう夜の鳥

たちまちに血の香あたりにひろげつつ　雲雀のねむる夜をおり立つ

夜を臭う廃液の河渡り終え生活の灯は低くこぼるる

人の心見えくる暗き透明を払うすべなし乾ける空気

青き視野にすでに懸かれり夜のまに紡ぎしものに拠る黒き影

透明の靄は包みて街ひろがるきたらんか我に苦しみの夏

子のことを言いいて唐突のわが涙幾たりに幾たびをわが生きの日に

かかる重きを負いて父祖らの寡黙なりし知りゆくと思うわが如く子らも

長く長く鳴りいしベルのやみしとき悲しみに似し静けさのくる

葉がくれに揺れそむる紅さるすべり揺れそむる長き長き無為

夜を越す貨物しらじらと照らされて限りなし梅雨ふけわたる駅

速度もちて地下に入り行く一瞬をオールの光る遠きレガッタ

朝から朝

夕映のひろごりに似て色づきし欅は立つを　夜の心にも

音もなく降り頻《し》く木の葉音もなく小暗き水にひるがえる鯉

充ちあふれる黄の葉　自転車の青年のとらえがたき寂しさ

黄葉より何ありとしも思わねど曲がりゆく道に誘われて行く

何ものの瞬きならん透明の彼方はららかに降りつぐ黄の葉

ふりむけばたちまち暗き黄の色に大公孫樹立つ日陰の深さ

亡き友はつねうら若き世界より睡らんとする我らを醒ます

示さんと伴うときにすでになし大樹のまとう虹の如きもの

白昼を立ちのぼる犬・犬の声病棟は幻の如くつらなる

矢の如く涙の如く垂直に垂りて凍てゆくジンジャの葉むら

平明にひろがる窓の空間に固く割り込み初めし建築

かすかなる痛みの如し傾きて遙かなる街の上のクレーン

北側の人なき室はいつ来ても航きゆく船の如く風鳴る

水雪の滴る夜の闇ありききらきらと時に輝きながら

なにゆえの涙なりしか我に湧き雪の幾夜か過ぎゆきにけり

音もなく澄み透りゆく雪の夜の燭の炎の如き守らん

次つぎにひらく空間　音もなきよろこびの雪斜交《はすかい》に降る

走るもの雪　今は降り終えて地に敷けば月　ひかりとどまる

郭公の声わたるとき潤いてこまかに満てる空気を知れり

かっこうの遠き谷《やつ》よりひびきくる声にさやりなくひらく空間

滞りあらぬ声かな呼子鳥果てなき昼の奥がより呼ぶ

水芭蕉葉のやわらかき明闇に谷地《やち》ひろびろと光りふる雨

谷地ダモの梢は白い新芽だから雨はさらさらと林をぬける

落葉色の野うさぎが跳ね林の中かるくしなやかな心が残る

大樹いま揺らぎはじめぬ立葵の花ら揺れ合わんしばらくののち

雨しばし上がりし街の透明に遠く海ある如きとどろき

幼なかりし嫉み悲しみ白き帆のさばしりやまず時の湖面を

夕ぐるる湖に向きトランペット吹くりょうりょうとして青年の背《せな》

岬《さき》の上古きホテルの卓布白し待ちがたしわがマダム・ショーシャー

黄に雪崩るる公孫樹の一樹地に向けてそのピサ斜塔ほどの傾き

燃えきわまる炎のごとき夕ぐれの一樹の声を聴きそびれたる

運動場秋陽の中を黒服の少年少女ひしひしと遊ぶ

欅紅葉つねに夕べへ傾きて靄ごもる昼冴え返る午後

木の葉らも踏みしだかれてしずまればすでに力なき魚鱗の如し

枯檜葉《ひば》のこまかく肩に散る真昼ふいに幼き表情を恋う

欧洲の変らぬ街のたたずまい燃ゆる戦車を前景とする

寒雲はみな底厚く天辺《てんぺん》は湧き湧く浪の白き泡立ち

勤務あけの青年の疲れ漂えりかすかリゾールの匂いとなりて

おとなたちに向いたじろがぬ児のまなこ印象の殺到に耐えつつあらん

からだの隅々まで喜びに躍っている若々しい犬から目をそらせない

野犬の群ひそひそと居てたちまちに疾駆すついに声立つるなく

離れ住むに慣れし母なれば雪ふると花咲くといまに告げたき思い

花の香の満ちたる園に幼かりき思えばついに母の子にして

わが一生《ひとよ》短かからぬに見守りて長きいのちを生きたまいける

内黒き甕乾さる昨日ひらひらとありたる赤き生命《いのち》は死して

鰭のような足ぺたぺたと歩いている二十メートル真下の歩道

黒き石白き石吸い吐き出して魚のなまめくまるい唇

暁の秋はすずろに鎧扉《よろいど》のだんだらに身体《からだ》冷えて覚めたる

すでに朝を攪拌しつつヘリコプター擾乱《じょうらん》を待ち空に漂う

葡萄の葉緋に朝光の庭土にやすらう見れば一溜りの血

アスファルトに墍の破片のざくとあり朝の心のすでに翳れる

突としてブラスバンドの一群が真空の如き門をくぐりぬ

階段を塵つぎつぎに掃き落とす沸々として秩序への飢え

侮蔑の言葉はげしく我を押流す瞬時眩暈の如し孤独は

惨めなる論理に堕ちて行かんとする我よ論理は憎しみを生む

さきだちて心ひらかんとわが言いし言葉を掬う網も見え来ず

あわきあわき撫子《なでしこ》の蒼白き阜《つかさ》はるかにもわが時のみなもと

人影のひたと途絶えし午後の壁水槽に水の溜りゆく音

見殺しと呟く水のさわだてり白きタイルの室出ずるとき

緑二樹にはさまれて黝き紅葉燃ゆ遠き暗鬱の森窓にあり

わがために待ちいる灰色の空間に何ためらいもなくはいる朝

根断ち切られし菊らひしひしと咲き満てる花舗朝のしずもり

あたたかく血に沁み透る朝光《かげ》に緑渦巻くわれは羊歯叢《むら》

なにゆえにかくひそやかにこの秋の鳥が音多き我を包みて
植物はそれぞれに葉の異なりてこの吹く風を感じつついる
しんしんと伸ぶる姿か耐ぅるのか秋陽のなかに群れ立つものら
おびえたる瞬時に予感は蛇となりわが前に鎌首をもたげつ
引返すわれの背後になめらかに油となりて滴る小蛇
遠樹あり辰砂の色に漂えば疾《は》しき紅葉の季と思うも
感情の起伏の如く来ては去る雨といえども暖き雨

ゆたかなる水のおもてに導きて舟着きの細き板のひとすじ

《Zu schön》何にむかいて囁きし水辺の声のまた蘇る

遙かなる東の国に飛びきたり相見て何を言うにもあらず

音もなく霧をひろぐる噴水のとらえがたなき哀しみに遭う

噴水のしぶき微かにふたたびを横ぎるときに翳る微笑み

ひとことも優しきことは言わざりし声音したしく幾日か遺る

疾走し過ぎゆくものをただ朝とただ夏として寂しみており

物を読む横顔に垂るる直き髪ただそれのみを見つめ居たきに

かかる折何をして人は時を遣《や》る立ちこめて雨しろき昼すぎ

いくつもの村落を過ぎ日が高し誰ひとりにも言葉かよわず

黒き鳥影の如くに枝移る樹の内部《うちら》ひろくほの暗くして

きびしきことのみ言いて去る我のあとこの高原に秋早からん

ついに母をなぐさむる旅もせざりしと今日高円《たかまど》の山の上の秋

ふかぶかと谿におち入る虹の脚少女らよああ淡くにごりて

まるく散る欅の花火　日のなかにまならのごと止《とど》まりてあり

白き汽船静かに速く過ぎて行く杳《とお》く幼き港あるごと

目に見えぬ船たおやかに近づくと微かにきしむ白き桟橋

十三階の窓ひとつ開《あ》く森《しん》々と湖に聳ゆる真昼のホテル

濃き曇りつらぬきて立つ高層にむごく寂しきもの棲まうらし

雨がふり雨がやみ道が走っているそのくり返しに平野が暮れる

虹の下くぐり行くとは知るはずもなき遙かなる車見て居り

きらめきは息のむひまに　鳩群のしずまれば林また冬の色

思いがけぬ汀にひそと居し鹿よ幼き我を見るまなこして

若き若き君を羨む行く方なく獣の園を求めゆきしか

うらぶれて千万都市をさまよえよ孤りの思いまぎれなきまで

波紋限りなき水何も映さねば翻りひるがえり雨の鳥

金雀枝《えにしだ》の黄が揺れ煉瓦を蟻が這いこれは明るい遺蹟か知れず

馬にあらぬ車を入れて洗う見ゆ川原ひろく水光り居り

幾種もの薬持ち旅に出でんとす若き日のかのおののきはなく

生姜　薔薇色に酢にひしめけり胎児らの墓を見たることなく

夜の空へ赤き尾灯の連なれりいかなる神を指《さ》してのぼるや

水の辺はことに光の集まりて風の梳きゆく柳の黄葉

バックミラーに車音なく消えて居りふいに私の何かを拭う

夕まぐれ紫となる都心部へのめり行く花粉にもぐる如くに

夕靄をはげしく車駆る者らやさしき父となりて帰るか

クリスマスカクタス卓に咲き垂るる造花にあらぬ花ひえびえし

帰帆とはつね心打つひたすらに白波立てて帰りくる舟

湖に出て風は舞うらし繋がれし白きヨットの向き変りゆく

夕雲のいずれの影か遙かなる山のくれないを侵しつつあり

ユトリロは人影を描かざりしかな休日の港街戸を閉ざす

新樹

重くゆるく林の中をくだる影鳥はいかなる時に叫ぶや

おのが身と思ほえぬまで鎮まりて闇にぞ臥せば森に音なし

あたたかき霧の中来てぎぼし掘る落葉の土の手ごたえもなき

ゆたかさを我に許して夏幾日けぶる緑の森に住まえり

かすかなるけものとなりて我も居つ昼の鳥夜の蛾と交わりて

竹煮草の花穂かすかに色づきてまのあたり夏の移りゆくらし

葉書一枚持ちて郵便夫訪ねくる人を見ざりし一日の果てに

朝鳥のしき鳴く中にくぐもれる声なじみあり遠き山鳩

落葉松の高き梢ら差し交わす枝ふれ合わぬそよぎひそけき

森の中霧明るむとひとときにはげしき雨の満ちわたる音

長く長く沿い来し川の海に入る平明の界に雨降りており

衰えし木草のみどり庭をうずめなお暖き夕ぐれはあり

やや遠き秋の池ありほのかなる緋鯉の背なの如きが過ぐる

小工場の裏など続く原にして秋はどこまで晴れあがりたる

壁の如く顔ひしひしと我に向くエレヴェーターの扉があきて

みなぎろう水は明るし岸明るし魚とらぬ湖かなしきまでに

陽にさらす足裏を風のさらい行き冬越す蘭の青きつやめき

山あいの展示館にて漆練る労働の器具並ぶさぶしさ

かがよえる木草に向かい日のささぬ室に物はむ朝《あした》夕べに

わが妻と娘なれども石畳広きに立てば華やぎてあり

ひと夜さに道を埋めし落葉松の赭《あか》き落葉を轍に踏めり

かすかなれば雨よりも音ひそめつつ落葉を降らすからまつ林

暖き雪原を背に芽ぶかんとする四本の木に逢いにくる

早春の林明るきは落葉松の一葉だにいまだ纏わざるゆえ

からまつの高木の梢揺らぎおり雪に直ぐ立つ幹しずかにて

下草の雪に覆われし森なれば遠きあたりを行く人の見ゆ

一木一木根もとの雪のまるく溶け森の平のにぎやかに見ゆ

窓下に眠りいし犬追い立てて心貧しく家にはいりぬ

わかりましたと言う足どりに去りて行く犬に行き先ありと思えず

浮き立ちて菱の青きは大いなる湖汚れたる果てのにごり江

いさぎよき驟雨のなかに遙かにてコンクリートを崩す音する

根づきゆく早苗田ありて蛙鳴くあわれ過去世《かこぜ》のごとく安けし

風の中にしばしはあらん軟かき堅き葉ずれの音聞き分けて

しろがねに燃ゆる空あり高はらの林の中に夏満ちわたる

しずかなる林の奥のひとところ木の葉がうごく風か小鳥か

鳥が音も静まり果てし昏れぐれの池のおもてに白き魚跳ぶ

くろつぐみ音なく飛べる森のなか眠りは我を侵してやまず

病みあとの妻さきだちて峯二つ越えて歩みき花の原まで

浮島《うきしま》は緑に岸に片寄りて静かにありぬ火祭ののち

夜ふけて白き灯ともすビル一つ降《お》りこし町も秋――風の吹く

うすら陽の照りみ翳りみ浮び出ずるまろやかに白き秋の石ひとつ

プロペラ機くもりに赤き灯をともしさびさびと居り小さき空港

ようやくに街出外《では》ずるる明るさは泡立草の黄の吹き靡く

信号の赤のみ冴えて夕ぐれの時のとどまる一区劃見ゆ

大いなる息づきの中雪ふるとまた陽は照ると白きすぎゆき

春めきし湖へ乗り出だす舟のありふくよかの波を分けゆく舳先《へさき》

いくたびを降り重なりし雪ならん溶けゆきて黒き枝の散乱

白々と連なるものを雲と知りしばしにて雪の連山が見ゆ

昼は日の夜は満月の光ありて落葉松の幹の雪の上の影

谷かげは早き日ぐれにのど冷えて歩めば家あり犬の吠え立つ

木々の下の雪はかすかに汚れゆき朝ごとに小鳥の声ふえており

おだまきのひだこまやかにうなかぶすかかるを見たるアルブレヒト・デューラー

木の軋みの如くきこえし一声の蟬なりしかと思うもあわれ

山の原やや見下ろしの空間を虹ふとぶとと低くわたれり

かりんまるめろ我らがのちの世に実《な》らんひこばえ育つかりんまるめろ

言い遺すごとく語りて飽かぬ姉あわあわと聞くわが父祖のこと

かかわりを避けつつ生きて来しかとも大阪の町古き家柄

威嚇して我が前にくだるオナガ一羽森のいずこか雛孵《かえ》りいん

採らざれば盛り上り重なり生いいたり雨になかばは溶けたるきのこ

木片など茫と浮びて街川の夕上潮のたゆたいの時

砕くれば何ゆえ白き水なるかふたたびを道は渓に沿い行く

夕ぐれは早くなりつつ見下ろしの街の遠近《おちこち》に白き灯ともる

南半球の人影乏しき写真のみ幾百枚か撮りて来て見す

雨の日は寂しからんと亡き人の絵のなかに来て君はいましき
夕日低く差し入る車窓に瞬時見えすでに暮れたる舟だまりあり
谷底に家居あるらし寄り合いてアンテナが立つ崖の上の道
幼な二人わが辺にくればおのずからのびやかにして正月二日
くきやかに冬の山あり物読まぬ今日のわが目を立ち迎えたり
キャタピラの跡すさまじき区劃あり冬日あまねき刈田のなかに
潤いて雪の雫はこの昼のまなこに満ちて落ちつづきけり

屋根の上に波形ややに見えそめて雪やわらかに午後の陽に照る

ふかぶかと雪つもる朝昨夜見たる死の夢ふたつよみがえりつつ

塀の上の雪は溶けつつ陽の中に蒸気《いき》立つこころは心整う

にこやかに子を言うをその折おりにあわれみしかど子も君も亡し

うしないし愛娘《まなご》の写真立て並めし下に語りき死の十日前

体弱き妹にかまくる父なれば甘ゆる義浩君を見ざりき

こらえいる小さき拳を見たるのみかく早くその父をうしなう

ブリューゲルの樵夫らも来よ雪の上幹くろく立つ曇りの林

ともしびも星もあらざる森の闇ふたたびは窓をあけて見ざりき

山の家の闇濃き春の冷たさにひめねずみらの音もきこえず

高窓に裸木の幹の揺れ合いて闇とめどなく濃くなりてゆく

溶けそむる湖の氷のうすみどりほどろに淡き雪をのせつつ

袋負いて人とつとつと歩めるは郵便夫にて山めぐり行く

深雪をふみ固めふみ固めして林の中の出で入りの道

思い来し雪も見しかば生活のにがきほとりに遠く帰らん

すでに椅子ら卓に上げられ灯を消ししレストランに着く夢の中にて

いつしかにアスファルト敷きつめられて春の落葉の行きどころなし

アスファルトに急停車の跡黒く切れそれよりのちのことは知られず

悲しみの絵のあいだより一条の雨の湖見えていたりき

死を知りて残る左腕《ひだり》にて君が描きし子を置きて去る湖北の天女

すでにしてわが後任の議さるべき席を出できぬ雨あつき午後

梅雨の山見ゆるこの室心足りていそしみし日の幾日ありたる

戦いを知らざる者の突撃の声いたましく聞きし日ありき

人厭《いと》う心の白きさゆらぎに遠き日なたのひめむかしよもぎ

下草は夜に入らんとし落葉松の幹しんしんと夕日に照れる

花水木植うると妻は森の家雨の香の立つ外に出で行く

びしょぬれの尾長が今朝も回ってくるすこし小降りになった森なか

このあたりと思う道のべ去年のごと緑しろじろし竹煮草立つ

数学の遙かなるより帰り来てみどりこあやす汝は若き父

みどりごは疑い知らず育ちいん雪ふれば雪の明るさのなか

一瞬の夏

雉鳩の恐れずくだる近き枝裸木なれば赤き目も見ゆ

ダム水面に半ばひたれる楉原《しもとはら》繁《し》み立つ冬の梢光れり

電話かくるなべての人にやさしきを気付きて居りぬ妻も老いゆく

廃棄せし本のたぐいが校舎裏の焼却炉に今投げ入れらるる

研究室の書棚を今日も整理して薄き埃に手先荒れゆく

去年と同じ形に四人坐りたり亡き人のことに触るることなく

うら若き姪の嫁ぎて行くというザイールキンシャサ赤道直下

草木《そうもく》の側《がわ》に立たんよこの日頃抑えがたく噴き出ずる木の芽は

さまざまに資料あさりて僅かなること明らかとなりたる三月《みつき》

誰がためというより知りておのずから心安らぐを喜びとせん

手を洗う水の冷たさ雪山は近しよ夜の森に着きしが

からまつの遠き幹淡くなりゆくと見るまに霧は林にこめぬ

ベランダに厚くつもれる落葉松の赭き落葉に雨ふり沈む

うす色のかりんの花も過ぎたればなべて緑は緑にまぎる

さんさんと森こめて降る雨のなか白樺の幹ひともと白し

高き梢のあたりの雨の白く見え下生《したふ》の笹の雨受くる音

まるまると肥えしなめくじ夏茸の傘溶かしいしが己れ溶けしか

からまつの梢より梢へとび移るすばやきものがしばらく見えつ

霧ながら明るき雨のふりしきり見ゆる限りの笹匂いだつ

黄のとんぼ幼く飛べる坂尽きて覚えあるノジリボダイジュは見ゆ

蟬あまたいずこにひそむ落葉松の林をこめてただ雨の音

雨あがると思わせたりし夕焼のいつしかに闇森に雨ふる

夕ぐれはむしろ明るく雨はれて一羽つぶてのごとく空過ぐ

たえまなきまばたきのごと鉄橋は過ぎつつありて遠き夕映

秋日ざしの中に漂う蜂一つかそけき風に乗るとき迅し

川土手のゆるく曲れる道の上をまじめな顔に犬が歩み来

あらあらと風あるらしき湖見えて運河末端のさわだてる波

燃ゆる芯となりて地平にある夕日平野も都市も低く沈みて

樟脳の香をまとうひとも混りつつにわかに寒き朝《あした》の電車

部屋隅に忘れられつつかすかにて少年の飼う砂色の蟹

通い来てしたしみ湧くも石畳ゆるやかに鐘の鳴りはじめたり

灰色の道は灰色の空に似て小さき村と村とをつなぐ

徐行する列車の窓に川底の泥に陽のさす処見えたり

匂いだち真向うおとめ我老いて花見るごとしと言わば笑うか

曇より陽の落ちかかる幾たびかありて都会の雨となるらし

雪のごと花のごと白き実を飾る南京櫨《なんきんはぜ》ありて通う冬の日

うるわしきひとともひととき　みずからに言いきかせつつ淡きまじわり

年老いて学ぶこと尽きぬたのしさを妻に見る日頃寒明けてゆく

追いつめんもののなき今のひそけさは背後の風に梅の匂えり

湖に沿う鋪装道路の片側は砂より白く雪のこりつつ

崎に対し島あり島に人家あり杳《とお》き無名の歴史見るごと

晩年を耳遠くして語らざりし父を思えり今手記を読む

鷗外に追い及《し》かん思いありしとう医科志望の父十五歳にて

英国にて開業資格得たりしを一生大阪の市井に過ぎき

ゆくりなき逢いにか似たるはるばるに湖夕ぐるる前のはなやぎ

山上の霊園をめざしいつよりか家ひしひしと這いのぼりゆく

しずかなる雪というとも落葉松の幹片側の白くなりゆく

裸木にしみみに雪のつもりゆき霧こむるがに白し林は

海に入る河のもなかに海潮のさかのぼりゆき波打つところ

いずこにも山吹の黄の吹きしなう峡なりしかな遠く来りぬ

春山のふところ深く隧道のナトリウム灯がすこし見え居り

きらめきし星消えている驚きにあたりいつしか霧とざしたり

夜着きて踏む森の土ふかぶかと踏みごたえなしもぐらの道か

いまだ梅雨のなごりとどむる森の土ささやかに褐色の茸ら並ぶ

にわたずみまばたくと見れば降りており林にいまだ音あらぬ雨

常念の雪も逆光となるときを遠く見さけて山葵田にあり

限りなく緑さゆらぐ蓮池に見えかくれつつほのけき菩

驟雨来る前触れの風に高きより柿の実いくつ降りて土打つ

遠山は秋がすみつつ朝日さす前山《さき》の樹のあらあらと見ゆ

砂つきし素肌にて坐るボートなどまざまざと顕《た》つ一瞬の夏

曲り角知り合いの犬と出会いたり間《ま》のわるき顔を一瞬したり

鋭さに遭わざる日々か紅葉まじる南京櫨の下を行き来す

秋深しからまつ林梢透きて星あきらかに迫りつつ見ゆ

秋早きストーブの火に親しめる二夜は早く過ぎゆかんとす

このままに凍りか行かん微かなる黄葉降りつぐからまつ林

林の中来鳴く鳥無く昼すぎの深き曇に風立たんとす

子を育つる娘のかなしみをかいま見て一夜明くれば帰りきにけり

この子泣けば身の置き処なき思い老いてゆるがぬ心などあらず

秋の陽に思ほゆるかな何処《いずく》なりし山あいの村　村に向く墓

雪国の娘に電話する妻の声何の反射にふとも明るき

かにかくに灯《あかり》ともして二人在ることの不思議さ寒の日のくれ

もみじする山と気づきて幾日か今日さえざえと裸木ならぶ

肩の力抜くごとくして生きゆかばなどふと思うまだ早しとも

ひえびえと吹きわたりゆく山風に揺られゆられて芽ぶくからまつ

吹き靡く花は樗《おうち》とまなかいに顕《た》たせつつ居り昼の鋪道に

葬送の日には定《き》まりて病みこもるゲーテなりしか　ひそと思えり

すでにして梅雨の曇のなびきいる湖対岸にまなこを凝らす

赤き灯の点滅となり救急車橋かけのぼる湖に向いて

無患樹のひともと知りていたりしをその背後にもそよげる一樹

枇杷の実の青く黄色くむらがれる所よりやがて駅となりゆく

しらしらと梅雨のくもりに街はあり白き橋さえかかりてあるを

われの世に悲しみひとつ飼い馴れてときに乱るることもうべなう

旺なる夏はきたりぬ木陰より噴水の散る音は透り来

湖に架かる橋

山肌にうごける雲も葉裏飜《かえ》す楊柳もいま秋のしろがね

妻が焚きし焚火のあとの嵩低くなりつつ強き山の雨降る

曇淡き林に一つ蟬の声しろがねのごと照り出ずるなり

雨のふる林を透きて西北の山のかたより明るさは来る

かすかなる思いを遂げぬ森に生うるカラマツ茸を今年も食いて

生活の底辺にありという思い歌を支えき歌が支えき

歌はいのち歌に出で行くことさえに貧しき妻を嘆かしめつつ

職退《ひ》きし人の日ごろの目につくを韮の白花りりと立ちたり

老学者蹌踉として朝を行く森のもみじを仰ぐことなく

西日よけの露地のすだれのはずされてあなすがすがと風かよいいる

わが息のらくにならざるこの秋のいずこも桜紅葉明るし

己が息の安きをのみぞこいねがう迫りて苦し明日あることの

気管支に発作ありたる一夜明け歩道あまねき秋陽踏み行く

吹きすさぶ岬に立てば沖へ沖へ海面音なく風皺走る

北西の風はすさびて遙かなる大王崎へ渚撓めり

光りつつ真すぐに落ちる雪どけの雫の中を粉雪の舞う

木の雪の雫はなべて垂直に光りつつ降る或る重さ持ちて

喜びはかく単純にわが庭の落葉の中に蕗のとう五つ

いたわりて言いくるるゆえ心ゆらぎ命のことも思うひととき

春寒き風に吹かるるヨットらの　綱の長さを行き戻りする

人工の岸にたゆらにゆたゆたに湖の緑の波の寄せいる

帆を張らぬマスト高く揺れ合いてヨット溜りにためらえる春

晩春の山のぼりまた山くだる狂おしきまで花咲き花散る

雨は雪に変らんとする谷地《やち》の路ひとは小さし傘かたむけて

雨はれて山の中腹にいる雲のしろじろとして湖に影ひく

わが生くる限りは母も在りというをひとり思えり旅の山路に

短か夜をあそぶにあらぬ信号の青きをいくつ掻《か》いくぐり行く

わが裡の何よろこびてあるならんドイツ語を日々の用となす旅

バスに乗ることも覚えて美しきキルヒベルクの丘にきたりぬ

老婦人足早に我を導けば角石《かくいし》南面しマンの墓あり

マンの墓は単純にして人間《じんかん》を厭わず多くの墓の中にあり

リルケの墓は彼の好みしローヌ河上流、スイス・ヴァレー州ラロンの寒村にあり。七月十五日ここを訪う

ローヌより吹き上ぐる風に薔薇一輪揺れやまずリルケの墓碑に影する

広き谿広き西風に真向える此処に立ちたる人を思えり

窓閉ざし映画を人の見るあいだ微かに我の睡りたるらし

氷海を雲海を永く翔けり来てやさしき波をたたむ海見ゆ

アプト式となりては登る昨日今日湖に草原に光くまなし

慌しく登りてくだるユングフラウついに氷河に飛ぶ鳥を見ず

さびしさに耐えたる人の小さき窓　五十年後の陽がさし入りぬ

死者も居てたのしく集う夢なりき　何にたのしかりし思い出だせず

雪かずく遠山霽れて風もなし死者らこそ今我にしたしも

ひたひたと寄せくる波の吸われゆく　音絶え果てし湖の枯葦

銀鼠《ねず》の湖に夕べの雨きたりあたかもくだる白き鳥一羽

いつまでも飛ばぬ鷗を見ていたりなべて色なき湖となりゆく

春近き光を放つ白雲の落せる影は湖の上に濃き

くきやかにこの朝霽れてかすかなる岸の勾配も見えて川あり

平らかに水面押さえてさかのぼる疾風《はやて》見えつつ朝川わたる

長兄彰、新春発病、一月余にてみまかる。あまりのはかなさに

車椅子にからだ二つに折り曲げて押されゆくを兄と知りし驚き

手術終え幾日昏々ただならぬ眠りの兄を見て帰り来ぬ

戦後かの窮乏に妻を喪いし悔しき心語るなかりき

ストーブに火を入るる間を心ゆるぶ外の面ゆたかに雨の音して

亡き人の歌集を読めば気づかざりしよき歌多し告げたきものを

容赦なき予定あることを救いとしゆるき階段をくだりて行きぬ

須臾にして初夏の心の吹きそよぐ起きて小草の中に来しかば

扉あきて立ちいる車内の人ら見ゆ駅に沿う道を歩みきたれば

ふかぶかと森は雨なる　赤松の直《すぐ》なる幹もあまねく濡れぬ

たちまちに雨はやみたり樹々の間にまだひとときの明りは残る

拭い去る如くに雲の消えゆきてこの山原の上の青空

しんしんと森に射す陽や　いつまでもかく在る如くかく在りし如く

いま暫し惜しむ夏の日　森なかの焚火の灰の風に散りゆく

おどるごとカヌーの櫂をあやつれりただひとり　広き秋のみずうみ

枯葦か魞《えり》かほのかに昏れゆきて湖のそこひに魚はねむらん

白髯の自転車屋さん妻を亡くし銀輪並ぶ奥に坐しいる

薄明の如き一日があることも冬に入り行くわれのよろこび

湖を囲み灯の生《あ》れつぐを見ていしが山々はいつか闇に沈める

湖《うみ》にわたすひとすじの橋はるけくて繊《ほそ》きしろがねの韻《ひびき》とならん

ダナイードのこの白き背を目に撫でて飽かずといえど写真《うつしえ》にして

大木の半身の葉の飜る風は見えつつ音あらぬ窓

くれないは樹皮の中にも走るとぞ今噴き出ずる雨中の桜

しろがねの光の如く咲き満ちてさくらひとひら散ることもなし

獣らの匂いにまじりかすかなるさくらの香り流れては消ゆ

うつむきて白きが中に黄を点《てん》じ寂しくはなし三椏《みつまた》の花

荒々しき光の四月　森なかの根雪踏み行く　踏みなずみつつ

くま笹の古葉おぼろに起きあがる　雪とけいそぐ春の山みち

ひそやかに土にしみ入り嵩低くなりゆく雪かこの二三日

山の湖に張りし氷の一日にとけて静けし水のおもての

光の春

北ドイツ一万メートルの空行くに街の中より反す光あり

沈静の詩句はぐくみし地と思う葡萄山ゆたかにラインに映る

均斉を専《もは》ら求めしゲオルゲのここに育ちしビンゲンの町

ドーナウとインと落合うひろらなる朝靄のなか燕飛び交う

ドーナウの源流尋《と》めて人行きぬいにしえも今も恋し大河は

菩提樹の名残りの花の匂い立つ雨しずかなるドナウのほとり

「深き眠りもまた旅なり」と蔦覆う墓石に読めり四行の詩《うた》

にごりつつ真夏雪解《ゆきげ》の水は行く広き河面に浮ぶものなし

人はつと姿を消してゆく不思議その折々の仕草残して

はかりがたき粉雪ひとひらひとひらの動きもついに土におりゆく

楠《くす》一樹伐《き》り倒されてまみどりの枝が覆える地面の広さ

友ひとり身近になきを寂しみて常思わねば年月過ぎぬ

川添いの桜ようやく風立ちて次つぎ揺らぐ散る花もなく

若萌えのここもけぶらう並木路欅若葉に風はよろこぶ

昼微かかすかに雨の降る音か林の芽吹きやまざる音か

筆執るも物読むも惜し坐り居る背後朝よりしんと立つ木々

降り出でて光のごとく熊笹の原にひろがりゆく春の雨

いずこより来りしならんこの小さきいちにん微かにくさめなどして

朝刊を取りに出ずれば細き雨花ニラの香の庭に沈めり

亡き母の庭より来にし花ニラか白咲き満ちて朝々匂う

赤松はいよいよ赤く落葉松は黒く林の雨はれんとす

この夏の残る光を集めつつ山の空あり夕ぐるるまで

しずかなるものわが森を訪いきたるオハグロトンボクサバカゲロウ

霧うごく山峡を出で遥かより見下ろせば未だ霧閉ざす谷

雲の影大いなる幕引くごとく林の中をかすめて過ぐる

帽子くわえ出で来し茂吉しのぶには幽暗ふかし聖シュテファン寺　「脱帽」

にこやかに迎うる教授若ければ茂吉のことはわが言いよどむ　神経学研究所

天井の高きは旧きままならん茂吉宿りしホテルに眠る　ホテル・ド・フランス

風わたる梢が見えて高窓は秋のあしたの黄にゆらめける

床《ゆか》濡れて冬清潔にひそまれり雑踏のかたえ古き氷店《ひょうてん》

冬並木桜の幹のつやめきて日に照れば今しばし歩まん

猫のひげの如くなりつつ永かりし遊蝶草の花も終りぬ

赤き頬が笑みに染まりぬ道の上にそのひとの名を思い出すまで

幾そたび塗り重ねたる古壁に「銀月アパート」あり野場よ鈴木よ

ただ寒く夕べ雨ふるふくよかな三月の雪街に残らず

何もなき川の流れに一滴の春の予感のにじまんとする

テーブルに逆さに椅子ら上げられしままなるみずうみ沿いのレストラン

外套に塩撒きて出でくる人にあう亡き人のつね通いたる道

実験死の犬などなきを慰めに世に役立たぬわが論文か

雨細く雪を溶かせる谿出でて広きなだりは春動くらし

雪掘りて小屋の戸をあく半年を閉ざされいたる薄ら闇あり

ノリウツギ去年の花殻つけしまま雪のとけゆく庭先に立つ

しろじろと平らにありし雪消えて笹さわがしく起き直りつつ

微熱ありて睡りがたしも本の間に身を横たえて長し一日は

沖へ向け遙かに伸びる竹篊《ひび》のやさしく魚の退路断つなり

耿々として眠れざる一夜ありほのかなる心の芯をめぐりて

癒ゆるきざし身内にありて目閉ずれば朝の陽かすかに照り翳りする

青き実の葉陰にのぞく歓びの甦《かえ》らんとして青葉昼風

笹は刈られ車前草短く穂孕みぬ山荘への径踏みゆく三日目

さやさやに我にささやく声の如しウワミズザクラ日毎の朱美《あけみ》

一瞬のことなりしかど燦然と雷雨の中の森輝きぬ

梢より雨滴まばらになりゆくと目を上ぐるとき忽ちに霧

雨あとの森に光りて降るしずく荒く細かく絶えまなく降る

いきおいて茸生い出ずるさま思う森ぬれとおるまで雨ふりて

雨の山ひとところ近き水の音わが聴きて佇つ往きに帰りに

かなかなや一声遠き森昏れて母と我との生まれ月来る

ぬくもれる石に激ちて行く水のはげしき蒸気《いき》は河面にうごく

日なた風日かげの風とまじり吹くピラカンサスに沿う秋の道

二台のみのタクシーすでに出払いてモンファルコーネ小駅空白

「ドゥイノ」の村の標識に見入るまに石畳粗き辻に下ろさる

ドゥイノの港《マリナ》に娯しむ人々を茫々と見て昼小半日

看護婦長に導かれ入るわが病室旅にある如し山近く見え

かすかなる安堵に立てり白き部屋午前十時の陽がさし入りて

ゆるくゆるく過ぐる病院の一日よ忘れいし生命の速度と思う

はるかなる森の梢の黄の色の今日ふたところ燃え立つばかり

色屋根の一つもあらぬ古瓦の街に入院の心落ち着く

いかならん暮らしありとも屋根ばかり見下ろせば日常は安きに似たり

今は在らぬ人の夢にて疑わず飲食店に共にありたり

病むのみに母を嘆かせ育ちしをこの日まで生かしくれしものあり

秋ひと日くもる日なかを靴下をはきて寝床に入ればわびしき

人の世に求むるは無しただ父に母に今日までのこと語りたし

わが父のあやぶみしごと何一つ世の表うら知らず過ぎ来し

いそがし忙しとのみ身を責めて蓄財のすべ一つ知らざり

あこがれをのみ追い求め来し一生あこがれは一つに収斂せざり

大いなる風より来れる我なれば息引き取らるることを恐れず

陰毛を剃られつついてこの世なる喜び悲しみも遠きが如し

われ亡くとも変らぬ世ざま思いおり忘れられつつドイツに在りし日のごと

東大閥学者の幾たりに親しまれ過ぎ来しこともあわれわびしき

会っておきたい人ありやと妻の問いかくる今更に会いたき人あらずけり

廊下走る音にめざめて病棟にひとり眠りいしことに気づけり

貪欲に知識求めし長き日に知りたることのまこと少なき

自叙伝を書く日あらんと思いしが書き遺したきこと今はなし

外科医なりし父の子にして七十年身体髪膚ためらわず切らす

大いなる「無」の見るかすかなる夢の我の一生か思えば安し

わが病むを知らざる人らわが心の広場にあそぶたのしきさまや

ふかぶかと光湛えし夕空を冬街《とうがい》に見る幾とせぶりぞ

かすかなるめまいのきざしこらえ行く冬土手砂利に陽のきらめきて

雪のあと日ざしの春を満身に浴びて歩めり濡れし川土手

ただ日なたをたのしみていること多し病みあとの身のふわふわとして

未刊歌篇

ストーヴの上の空気の動く影床にしあれば冬日したしも

物書けば胃の腑のあたり凝りてくるほとほとに胃は在らざるものを

物よめば痛みの走る腹腔をなだむる如く本閉ざし待つ

日々かすか微かに力づくと知れ時にいらだつ春遠くして

波の花ひらくと見れば消えてゆく湖ひろらにて飽かず見下ろす

残雪の比良稜線の高く長し黄砂にけむる湖の上

外輪船春みずうみを分け来しが大橋をくぐり引返し行く

十四階湖に向く窓のまぶしさに折々鳶が風にのりくる

結局は諦めたどたどと生きゆかん為し得ることの微かなりとも

食道楽さげすみて来し果てにして恋ほし町々の物食わす店

寂しきとき人は飲み人は物食いて食えざる我はそを羨むか

地に育つもの限りなし老いて知る僅か例えばウワミズザクラ

春の日に照りて我が亡きあとの街かくと見て行く癒えたる今日を

からだいたわるのみの日毎と起き出でて何に心をやらわんとする

病みあとのむなしき日々よ育ちくる幼な子のみを心に抱く

冬の間の石油ストーブにくろずみし天井を見て昼の静臥す

遠山の雪もいつしかはだらにて曇明るき中に見えおり

少女ひとり道に下ろして雪残る谷深くなお行くバスが見ゆ

ようやくに梅雨の雨ふり葉ざくらの枝低く垂り傘にさやさや

人々の持ち込みて来し雨にぬれ電車の床のいちめんの濡れ

思うさま本読むことも胃に障る如何にか過ごす人は老いては

ままならぬは体のみかは春風の包みくるなべに立ちて嘆かう

雪消えて春茫々の雨けぶるわが山に居り命なりけり

いまだ目にさやかならねど落葉松の芽吹きの気配森に満ちたり

一日雨一日晴れたる窓の空にからまつの梢ほのか色帯ぶ

ふとぶとと枯れ立つ松の直幹にはや群れ生うる白き茸ら

幾年を書棚に置きしままなりしボーヴワールの『老い』を読み始む

一種族の若返りのため殺さるる老のさだめを読みてこもれり

寒き春山辺の木々の芽吹きいまだきらきらと枝は光を交わす

あとがき

昭和二十九年に創刊された「塔」短歌会は、今年（平成二十一年）五十五周年を迎えたが、その記念事業として『高安国世アンソロジー』を出すことになった。今年はまた高安国世が亡くなって二十五年という年にも当たるが、一千名を越えようとする「塔」会員の、おそらく九割以上は高安を知らない。「塔」の創始者である高安の作品に触れたいという会員の要望も強く、ここにアンソロジーとして千数百首を選び刊行するのである。

選歌には永田があたった。高安には生前のアンソロジー『光沁む雲』があり、これは高安自身が選んだものである。第九歌集『朝から朝』までの選歌はおおよそ高安自身の選びに従ったが、私の好みで新たに入れたものもある。後半の選歌も含め、高安の作品として代表的なもの、話題になったものを含めて、はずせないものはおおよそ網羅することができたと思っている。

高安国世の作歌活動は大きく分けて三つの時期に分けられると私自身は考えている。土屋文明を師と仰ぎ、生活の具体を写生的手法によってリアルに詠った第一期。専門のドイツ文学や前衛短歌の影響をも受けて、「日常の連続の上にではなく、非連続の刹那に詩」（歌集『街上』あとがき）を求めるようになった第二期（およそ『街上』から『朝から朝』）。そして、自然の懐《ふところ》深く溶解するようにして、しかし自己や自然を相対化する視線を研ぎ澄ましつつ詠った第三期。おおよそそのような歌風の変遷をたどることができよう。

選歌にあたって、『高安国世全歌集』を最初から読み直す過程で、人の一生はこういう形でも振り返ることができるのだということを改めて強く感じた。十三冊の歌集に収められた総数五四一一首の歌に、高安国世の生涯が詠いとどめられている。その一首ずつを初めから辿りなおす作業は、さまざまの記憶と感慨を伴い、ある種の涙ぐましさをも伴うものであった。一人の人間が生き、そして生涯を全うするとは、なんと健気ではかなく、そして愛しいものか。しかしいっぽうで、歌というものを残すことができる私たち歌人と呼ばれる人間の、限りない幸せをも同時に実感することができたのである。

「塔」の会員には、このアンソロジーから入って、できれば「全歌集」をも読んでいただきたいが、高安国世はもちろん「塔」だけの歌人ではない。「アララギ」の若手として嘱望され、近藤芳美とともに戦後の若手歌人たちの先頭を切って現代短歌を推進した歌人であり、一時代を劃した歌人でもある。このアンソロジーが多くの人々の手にわたり、高安国世の遺した作品群に新しい光が当てられることを願っている。いい歌をそれぞれの歌人が後世へ残していこうとしなければ、現在という時点で歌を作っている意味はない、というのが私自身の信念でもある。願わくばこの一冊を手にした誰もが、高安国世の十首を諳んじていただけるようになれば、この一書の刊行の意味は十二分に果たされたことになろう。

永田和宏

追記　作品の校正に携わっていただいた青木朋子、川田伸子、木村輝子、久保茂樹、西川啓子、原夏子、森祐子各氏のご協力に感謝を申し上げる。

高安国世略年譜

大正二年（一九一三）〇歳

八月十一日、大阪市東区道修町四丁目二番地に、父高安道成、母やす子の三男として誕生。体質虚弱で喘息の持病があり。

大正九年（一九二〇）七歳

大阪市立愛日小学校入学。

大正十五年（一九二六）十三歳

愛日小学校を卒業。胸部に疾患があり芦屋の別邸で一年の療養生活を送る。

昭和二年（一九二七）十四歳

四月、私立甲南高等学校尋常科に入学。

昭和六年（一九三一）十八歳

四月、高等科理科乙類に進学。

昭和七年（一九三二）十九歳

芦屋の家が全焼し、大阪市内に移る。

昭和九年（一九三四）二十一歳

母やす子の手紙をもって土屋文明にはじめて対面。大阪アララギ歌会に出席。間もなく「アララギ」に入会。四月、医科進学の志望を変更して京都大学文学部（ドイツ文学専攻）に入学、主任教授成瀬清（号・無極）。

昭和十年（一九三五）二十二歳

アララギ夏期大会で斎藤茂吉にはじめて対面。会場で渡辺和子を知る。

昭和十二年（一九三七）二十四歳

三月、京都大学文学部を卒業。卒業論文はトーマス・マンの『魔の山』。大学院に進むとともに文学部副手となる。

昭和十四年（一九三九）二十六歳

渡辺和子と結婚。

昭和十五年（一九四〇）二十七歳

三月、長男国彦誕生。

昭和十六年（一九四一）二十八歳

リルケ『ロダン』の訳を岩波文庫で出版。八月、次男文哉誕生。

昭和十七年（一九四二）二十九歳

第三高等学校教授となり、京都市左京区北白川小倉町五十番地に転居。

昭和十八年（一九四三）三十歳

九月、長男国彦、疫痢のため発熱、同夜急逝。リルケ書簡集『ミュゾットの手紙』出版。野間宏、富士正晴妹、光子と結婚、高安夫妻仲人をつとむ。四月、三男醇誕生。作品集『若き日のために』出版。

昭和二十一年（一九四六）三十三歳

エッセイ集『新しき力としての文学』出版。関西の「アララギ」地方誌「高槻」（関西アララギ会）が創刊され参加。西三河におけるアララギ歌会に出席。七月、長女夏美誕生。出崎哲朗ら京都大学学生を中心に「ぎしぎし会」発足、参加。

昭和二十二年（一九四七）三十四歳

新歌人集団に参加。大阪で河村盛

明・丸井茂仁らにより「フェニキス」創刊、協力。「高槻」選者となる。この頃、三男醇の聴覚障害に気づく。

昭和二十三年（一九四八）三十五歳

エッセイ集『物への信頼と意志』出版。

昭和二十四年（一九四九）三十六歳

エッセイ集『トーマス・マンとリルケ』出版。第一歌集『眞實』出版。京都大学の助教授となる。

昭和二十五年（一九五〇）三十七歳

毎日新聞（中部）歌壇選者となる。アララギ新人の合同歌集『自生地』刊行に参加。

昭和二十六年（一九五一）三十八歳

歌集『Vorfrühling』出版。「早春歌会」発足、参加。六月、近藤芳美を中心に「未来」創刊、参加。

昭和二十七年（一九五二）三十九歳

「高槻」編集者となり、「関西アララギ」と改題。第三歌集『年輪』刊行。

昭和二十九年（一九五四）四十一歳

「関西アララギ」の編集を離れ、四月、「塔」を創刊、主宰する。リルケの『オルフォイスのソネット』全訳を出版。鑑賞世界名詩選『リルケ』出版。読売新聞（大阪）歌壇選者となる。

昭和三十年（一九五五）四十二歳

第四歌集『夜の青葉に』を出版。

昭和三十一年（一九五六）四十三歳

歌論集『抒情と現実』出版。

昭和三十二年（一九五七）四十四歳

第五歌集『砂の上の卓』出版。五月、ユネスコ地域文化研究員としてドイツ連邦共和国へ出張。

昭和三十四年（一九五九）四十六歳

『Herbstmond』を、ドイツ連邦共和国のベヒトレ書房から出版。

昭和三十五年（一九六〇）四十七歳

第六歌文集『北極飛行』出版。

昭和三十六年（一九六一）四十八歳

『Ruf der Regenpfeifer』（千鳥の呼声）をドイツ連邦共和国のベヒトレ書房から出版。

昭和三十七年（一九六二）四十九歳

第七歌集『街上』出版。

昭和三十八年（一九六三）五十歳

『万葉の歌をたずねて』出版。京都大学教授となる。

昭和三十九年（一九六四）五十一歳

十二月、父高安道成逝く。

昭和四十一年（一九六六）五十三歳

京大短歌会発足、顧問となる。

昭和四十四年（一九六九）五十六歳

二月、母やす子逝く。

昭和四十五年（一九七〇）五十七歳

現代歌人集会を結成、理事長となる。

昭和四十六年（一九七一）五十八歳

毎日新聞（全国版）歌壇選者となる。

昭和四十七年（一九七二）五十九歳
第九歌集『朝から朝』出版。『リルケ詩集』出版。エッセイ集『リルケと日本人』出版。長野県飯綱高原に山荘を建てる。
昭和五十一年（一九七六）六十三歳
三月、京都大学を退職。同大学名誉教授。四月より関西学院大学文学部教授。第十歌集『新樹』出版。自選歌集『光沁む雲』出版。歌論集『詩と真実』出版。
昭和五十二年（一九七七）六十四歳
『高安国世短歌作品集』を白玉書房から刊行。エッセイ集『カスタニエンの木蔭』出版。エッセイ集『わがリルケ』出版。
昭和五十三年（一九七八）六十五歳
第十一歌集『一瞬の夏』出版。
昭和五十四年（一九七九）六十六歳
ヨーロッパを再訪、リルケが晩年をすごしたスイスのミュゾットの館を訪ねる。
昭和五十五年（一九八〇）六十七歳
歌論集『短歌への希求』出版。
昭和五十六年（一九八一）六十八歳
第十二歌集『湖に架かる橋』出版。
昭和五十七年（一九八二）六十九歳
エッセイ集『詩の近代』刊行。三月、関西学院大学を退職。四月、梅花女子大学教授となる。
昭和五十八年（一九八三）七十歳
十月、京都第二日赤病院で胃カメラによる検査を受け、十一月十七日、胃の大部分を切除。第二回京都府文化功労賞を受ける。十二月、退院。
昭和五十九年（一九八四）七十歳
四月、塔創刊三十周年記念号に「回顧と展望」を執筆、〈甘えを棄て、きびしい文学精神を貫く覚悟〉を会員に求める。第十三歌集『光の春』出版。七月十六日、みずから車を運転して飯綱高原の山荘へ向う。同山荘で腹部に小出血を見、二十二日に帰洛。検査ののち二十五日に第二日赤病院に再入院。七月三十日午前五時十二分、臓器からの多量の出血のため急逝。享年七十歳。京都市北区紫野の来光寺にて告別式。法名・高学院観世文秀居士。勲三等旭日中綬章を授与される。第七回現代短歌大賞受賞。

塔21世紀叢書第155篇

高安国世アンソロジー

初版発行日　二〇〇九年十一月二十四日
著　者　高安国世
編　者　永田和宏
定　価　一八〇〇円
発行者　永田　淳
発行所　青磁社
京都市北区上賀茂豊田町四〇―一（〒六〇三―八〇四五）
電話　〇七五―七〇五―二八三八
振替　〇〇九四〇―二―一二四二二四
印　刷　創栄図書印刷
製　本　新生製本

ISBN978-4-86198-132-6 C0092 ¥1800E